「これ以上待てない」

「ああっ……」

道前は腰を進め、美織の中に押し入った。

「……倫太郎さん……

あっ、ああっ……」

若頭に保護されたはずが溺愛嫁になったようです

梶本真夏

Vanilla文庫Miel

目次

若頭に保護されたはずが溺愛嫁になったようです

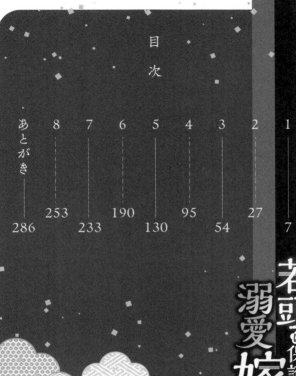

イラスト／花綵いおり

1

勤務を終えて社屋事務所の通用口から出ると、戸部美織《とべみおり》の眼前にぬっと影が差した。一瞬身構え、相手が父だとわかるといっそう身を固くする。急速に気持ちが塞いでいくのを感じた。

「……お父さん……どうしたの？」

父の修《おさむ》は四十七歳だが、不摂生な生活のせいか顔色も悪く、血走った目だけがギラギラしている。アルコールの匂いがした。

「また飲んでるの……」

「ちょっと引っかけただけだ。それよりついてこい」

父は無精ひげが浮いた口元を歪《ゆが》めるようにして笑いかけ、美織の手首を摑むと歩き出した。

「ちょっ、どこへ？　引っ張らなくても――」

ちらりと背後に目を向けると、事務所の窓に同僚の顔が見えて、それもテンションを下げていく。またあることないこと噂《うわさ》されるのだろう。

いや、本当のことかな……。

父が美織の帰りを待ち伏せるのは一度や二度でなく、そのたびに金を無心される。現在、親子ふたりの生活を支えているのは、ほぼ美織の収入だ。

四年前、母が交通事故で急死したのをきっかけに、父は無気力かつ投げやりになり、あっという間に酒とギャンブルに溺れた。いつの間にか会社も辞めてしまい、建設現場などで短期の仕事をするようになったが、それも最近は続かない。

もともと駆け落ち同然で所帯を持った両親なので、以前も決して裕福とは言えない生活だったけれど、そんな中で母は切り詰められるところを切り詰め、美織の大学進学費用を貯めてくれていた。それも真っ先に父に手をつけられてしまい、美織は進学を諦《あきら》めて高校卒業と同時に就職した。そうしなければ、父とふたり路頭に迷ってしまっていただろう。

就職先は小規模な運送会社で、そこで事務職をしている。三年目になるが昇給は微々たるもので、給料日前には生活費がもつだろうかという心配で胃が痛くなるくらいだ。

そんな状況を知っているはずなのに、父は手を出せば金が載せられると思っているのだろうか。二度に一度は断っているのに。

しかし渡さなければ渡さないで、心配は増えるのだ。美織が首を横に振ると、いわゆる街金に頼っているらしい。大金は借りられないようだが、けっきょく返済は美織がする羽目になる。いきなり督促状を見せられるのは、本当に心臓が縮み上がる心地だ。

いっそ逃げ出してしまえたら——そう思ったことも一度や二度ではない。しかしそのたびに思い直してしまう。

父がこんなふうになってしまったのは、母を愛していたからこそだと思うのだ。最愛の妻を失った苦しみが、父を自暴自棄《じぼうじき》にさせている。一人娘の美織が見捨ててしまったら、父はきっと生きていけない。

それに、いつかは現実を見て、立ち直ってくれる日が来るかもしれない。今だって素面のときには、昔のように優しいこともあるのだ。

いつしか駅近くの裏通りまで連れてこられて、父は雑居ビルの前で足を止めた。見上げたビルの三階に、【ロードファイナンス】という看板が掲げられている。

『おまえならまとまった金を借りられるだろう』

数日前に父がそう呟《つぶや》いたことを美織は思い出して、慌《あわ》てて父の手を振り解いた。

「お父さん！　もう借りちゃだめだよ。私だって借りられないよ」

美織が知らないだけで、今もあちこちで借り入れた分があるはずだ。返済日が来たら他から借りて、ということを繰り返しているのかと思うと眩暈《めまい》がする。もう一円たりとも借りてほしくない。

行く手を阻《はば》むように立ち塞がった美織に、父は口元を歪めるような笑みを浮かべて、その肩を摑んだ。

「借りないさ。ここじゃもう借りられない。返しに来たんだ」

「えっ……」

美織は問い返すように父の顔を見つめた。我が父ながら、あまりにもうさん臭い笑顔だ。しかし借りるつもりならわざわざ美織を連れてきたりしないだろうし、父が言ったようにこの辺の店は真っ先に借り入れをして、もう限度額に達しているだろう。もちろん美織も代わりに借りる気はない。

……じゃあ――。

「……ほんとに返すの？」

手持ちの現金があったら、返済より先に使ってしまうだろうと思ってしまうくらいには、今の父は信用がない。

「もちろんだ。返さなきゃ、うるさくせっつかれるからな」

父はここ三日ほど帰ってきていなかった。その間に日雇い仕事をして、収入を得たのだろうか。

頷《うなず》く父を見ていると、少なくとも返済に来たという言葉は信じてもいいようだ。全額ではなくても、返してくれれば美織も助かる。

それに、返済したことで枠が空《あ》いて、また借りるようなことにならないように、ここは立ち会ったほうがいい。できればもう貸さないでほしいと、店の雰囲気を見て言えるようなら言っておこう。

ふたり乗っただけで息苦しさを感じるようなエレベーターを三階で降りると、狭い廊下の突き当たりにドアがあった。社名が入っているものの、ドアは暗色の重たそうな鉄製で、中の様子はまったくわからない。

父はおざなりにノックをすると、ドアを開けるなりぺこぺこと頭を下げた。

「どうも……」

父に続いて中に入った美織は、壁に掲げられた墨痕《ぼっこん》鮮やかな「道」の文字の額が真っ先に目に入って驚愕《きょうがく》した。

こっ……これは……。

「おやあ、戸部さんじゃないっすか。やっと返済ですかあ？」

続いて事務所内にいたふたりの男に目が行き、ますます確信を深める。

ここって……どう見てもヤクザの街金じゃないの！

小規模な街金はグレーゾーンだと聞いているが、これまで足を踏み入れたことがない美織にも、ここは明らかにまずいとわかった。

ソファに座った年長の男は、テカテカしたシャツの胸元を大きく開け、ごつい金のチェーンと刺青《いれずみ》の端を覗かせている。まだ十代に見えるほうは、Tシャツとデニムにスカジャンという格好で、兄貴分の背後に立ち控えていた。

兄貴分と思われる年長の男がおもむろに煙草《たばこ》を指に挟むと、若いほうがすかさずライターで火をつける。吐き出された紫煙のせいだけではなく、美織の視界は恐怖に霞《かす》んだ。

「ええ、まあ……長いこと待ってもらってすみません」

「そっちのお姉さんは？　別口のお客さん、ってわけじゃないよな。付き添いか」

兄貴分が顎《あご》をしゃくったのを機に、どうにか我に返った美織は慌てて頭を下げた。

「ち、父がお世話になりまして……」

それには答えず片手を振った兄貴分に、若いほうは素早く動いてデスクから書類を取り出して差し出した。

「ええっと、戸部さんの借り入れは――」

そのとき、美織は背中を強く押され、床に手と膝をついた。

「大丈夫っすか？」

若者が駆け寄って引き起こしてくれる。美織は礼を言いながら振り返った。

「お、お父さん？」

父はかすかに震《ふる》えながら後ずさっていた。

「か、金の代わりにこいつを……娘を働かせますんで……」

……え？　なに？　どういうこと？

呆然《ぼうぜん》とする美織の後ろから、太い声がした。

「はあ？　あんた、なに言ってんだ」

パーティションの奥にまだ人がいたらしい。ぬっと姿を見せたのは、こめかみに傷跡があるサングラスの男だった。外見以上に内からにじみ出る威圧感が強烈で、この男がここのボスかもしれないと思わせた。

父が美織を借金のカタに売ろうとしているという衝撃もさることながら、ヤクザに違いない男たちに囲まれて、美織は声も出ずに立ち尽くしていた。

スカーフェイスの男が歩を進めると、父は脱兎《だっと》のごとく事務所を飛び出した。

「……逃げやがった」

兄貴分――いや、ボスらしき男の登場で今は中堅となった男の呟きに、ドアの前で背中を向けていたボス――スカーフェイスが振り返った。

「リュウ、追え」

「はい！」

リュウと呼ばれた若者が、通り過ぎざまにぺこりと頭を下げて駆け出していった。階段を駆け下りる足音が遠ざかっていく。

取り残されてしまったことに気づいた美織だが、スカーフェイスの前を通って出ていく度胸はない。リュウのように一礼しても、首根っこを摑まれるのがオチだろう。なにしろ父は、借金を踏み倒していったのだ。

スカーフェイスの咳払《せきばら》いに、美織は身体を二つ折りにして謝罪する。

「も、申しわけありません！　父が……あの、こちらではいくらぐらい――」

当てがあるわけではないけれど、金額もわからないままでは、返済計画の立てようもない。

「それがわかったら返せるのか？」

スカーフェイスがゆっくりとソファに腰を下ろし、煙草を指に挟む。今度は兄貴分改め中堅が、それに火をつけた。

「それは……」

言い淀《よど》む美織を無視するように、スカーフェイスは盛大に煙を吐いた。

「それにしても、呆《あき》れた外道親父だな。ヤクザもびっくりだ。まあ、座れ。足が震えてる。また転ぶぞ」

「いえ、お気づかいなく――」

ドアが開いて、リュウが戻ってきた。真っ直ぐソファの前に進んで、頭を下げる。

「すみません、見失いました」

すかさずスカーフェイスが座ったままリュウの頭を蹴り飛ばした。美織は思わず悲鳴を上げる。

靴の硬い踵《かかと》がもろにヒットしたらしく、リュウの頬に血がにじんでいる。

スカーフェイスは立ち上がると、パーティションの奥に引っ込んだ。

「もしもし、杉野《すぎの》ですが――お忙しいところ申しわけありません」

誰かと電話をしているらしいスカーフェイスこと杉野が戻ってこないうちにと、美織はハンカチをリュウに差し出した。

リュウは驚いたように美織を見上げる。その顔を見ると、本当にまだ年若いのだと確信する。二十一歳の美織よりも、おそらく二つ三つ年下だ。

「いや、いいっす……」

「父が逃げたのが原因ですから」

無理やりハンカチを押しつけたところで、電話を終えた杉野が戻ってきた。

「カシラが来るそうだ。片づけろ」

弾かれたように動き回るリュウと中堅をよそに、杉野はソファに腰を下ろしたが、どことなくそわそわしている。もっとも美織はそれ以上にドキドキしていたが。

カシラって……この人よりもっと上の人？　どうしよう……。

返済するという父の言葉を鵜呑《うの》みにして、のこのこついてきたせいで大変なことになってしまった。いくらなんでも父に売り飛ばされるなんて、思いもしなかったのだ。父がそこまで堕《お》ちていたなんて思いたくなくて、今だってまだ信じられない。

そもそも借金のカタに売り飛ばされるなんて、いつの時代の話だと思いもするけれど、それは一般社会の場合なのだろうか。ヤクザの世界では現代でも当たり前のようにあることで、だから父もその手を――。

風俗とか、そういうので働かされるのかな……。

どうにも生活費が足りなくなりそうなときなど、夜も働こうかと考えたことはある。しかし自分に務まるとは思えなくて、二の足を踏んでいた。

それが水商売どころか一足飛びに、風俗業に入ることになるかもしれないとは。しかし決定権は美織にない。

ドアが開き、坊主頭の強面が姿を見せた。とたんに杉野たちが姿勢を正して頭を下げる。坊主頭がドアを押さえる中、長身の男が入ってきた。

この人が……カシラ?

美織はそれまでの恐怖も忘れて、男に見入ってしまった。端的に言って、イケメンだった。年のころは三十代前半。百八十を超える長身を、ブリティッシュスタイルのスーツに包んでいる。佇《たたず》まいは端正で、どこのビジネスマンかと思うくらいだ。髪もすっきりと整え、理想的なパーツが絶妙のポジションに配置されている。あえて言うなら、目つきが鋭《するど》すぎるようにも見えるが、好みの範疇《はんちゅう》だろう。

十中八九いい男として認められるだろう男だったが――。

……なんで猫を抱いてるの?

男の腕の中では、生後二か月にも満たないようなサバトラの仔猫が、安心しきったように

目を閉じていた。しかし、どうにもつり合わない。一見してデキるビジネスマン、その正体はカシラと呼ばれるおそらくヤクザ、どちらにしても猫を伴っているのはおかしくないか。それも血統書付きの高級そうな猫ではなく、その辺にいる野良猫か捨て猫のように薄汚れている。

違和感ありまくりの光景に、自分が置かれた状況も忘れて見入っていた美織の耳に、杉野の声が聞こえた。

「先ほどお話しした男の娘だということです」

美織は、はっとして頭を下げた。

「戸部美織と申します！　このたびは父がご迷惑をおかけして、申しわけありません」

男は睨《にら》むように目を細めると、仔猫を坊主頭に預けて、上着の内ポケットから取り出した名刺を美織に差し出した。

「道前《どうぜん》だ」

名刺にロードファイナンスの文字は一切なく、ただ【義《ぎ》道組《どうぐみ》　道前倫太郎《りんたろう》】と記されている。

「おっと、忘れてた。こっちも――」

横から杉野が渡してきた名刺には、【ロードファイナンス　取締役社長】とある。社長の杉野が道前をカシラと呼んでいるのは、つまりこの街金は義道組のフロント企業ということだろうかと、美織はあやふやな知識で思った。

道前はソファに座り、美織に向かって顎でしゃくった。

「座れ」

躊躇《ためら》いと緊張で動けずにいると、坊主頭にパスされて目を覚まし、先ほどから不満げに鳴いていた仔猫が腕から抜け出して、道前の膝に飛び乗った。美織の耳にも届くほど盛大に喉を鳴らして、道前の手に頭を擦りつけている。

鋭い眼差しが一瞬和らいで仔猫を見下ろし、大きな手が包むように仔猫を撫で回す。

美織は杉野に促されて、道前の向かいにぎくしゃくとした動きで腰を下ろした。

「戸部の娘だというのは間違いないか」

「は、はい……」

「戸部は？」

「申しわけありません。逃げられましたが、今探させてます」

それを聞いて、美織はぞっとした。リュウが見失ったと言っていたので、それきりになったと思っていたのに、追手がかけられていたのか。ヤクザを相手に逃げ切れるとは思えないし、捕まったらどんな目に遭《あ》うか。

騙《だま》し討《う》ちのようにここに残された美織だったが、それでも父の安否が気になる。気を揉《も》むだけでなにをすることもできないけれど、少しでも父の立場をよくしなければならない。

「あの、本当に申しわけありませんでした。父もどうしたらいいのか追いつめられていたんだと思います。もちろん返済をするのが当然のことですが……私が必ずお返ししますので、どうか――――」

「どうやって？」

道前は今度はリュウに仔猫を預けると、煙草を咥《くわ》えた。杉野がさっと火をつける。深く煙を吸い込んで吐き出し、身を乗り出すように美織を見据《みす》えて目を細めた。仔猫に向けたものとは一転して、強くきびしい眼差しに、美織は息を詰める。

「奴はここに来て一円も返すことなく、娘のあんたを置いていったんだろう。風俗で働かせるのも承知の上ってことだが、あんたも納得済みか？」

「……そ、それは……」

薄々そういうことだろうと、いや、それくらいしか美織の使い道はないだろうとわかっていたけれど、実際に道前の口から聞かされると、膝の上で手が震えた。そんなことは絶対にしたくないけれど、そう言える立場だろうか。それ以前に、言ったところで聞き届けてもらえるとも思えない。

「そら見ろ。自分が返すなんて気安く口にするもんじゃない」

道前はまだ長い煙草を揉み消し、ソファに背中を預けた。視線が外れて、美織は無意識に力を抜く。

「あんたに返済の義務は課さない」

続いた言葉は思いもよらなかったもので、美織は呆然と目を見開いた。そんな話は聞いたことがない。伝聞に過ぎないけれど、借りた本人が返せなかったら、わずかでも縁故がある者にまで返済を迫るものではないのか。

美織の表情にそんな思惑が浮かんでいたのかどうか、道前は軽く肩を竦《すく》めた。

「もちろん借りた本人にはしっかり返してもらう。その件には口出し無用だ」

……どういうこと？　ほんとに？

まだ信じ切れずにいる美織の前で、道前はリュウから仔猫を受け取った。高級そうなスーツは仔猫の仕業《しわざ》か、ところどころ生地の糸が浮いていて、泥汚れもついている。それをぼんやりと見ていた視界に、ひょいとリュウが顔を覗かせた。

「送ります」

◇

リュウと美織が出ていった事務所で、杉野がサングラスを外して道前に頭を下げた。

「お呼び立てしてしまい申しわけありません。まさか娘を置いていくなんて思ってもみなくて……」

義道組のフロント企業のひとつであるロードファイナンスを杉野に任せて数年経つが、こんな展開は初めてだろう。ヤクザが元締めの金融業ではあるが、阿漕《あこぎ》な取り立ては禁じていた。その分、損を被ることがないように、融資にも慎重を期すよう指示していた。

戸部が娘を置いていったことで、図らずも阿漕な取り立てをした形になってしまい、対処に迷って道前を呼び出すことになった。

「たしかに、ヤクザもびっくりの外道親父だな」

道前は戸部の借り入れリストを眺め、数字に眉をひそめた。

「利子が乗っかってるとはいえ、三百万で娘を売るか……とことんいかれてやがる。まあ、他でもつまんでるのは間違いないだろうから、そろそろ身動き取れないってとこだな」

「若いもんらを出しましたから、すぐに捕まえられると思います」

「他も動いてるかもしれん。必ず先に押さえろ。言うまでもないが、他の借り入れ状況も調べておけ」

道前の指示に、派手なシャツの男がデスクに陣取って、見かけによらない指さばきでパソコンを操作し始めた。

道前倫太郎は、都内に事務所を構える義道組の若頭だ。二代目組長だった父は、母もろとも対抗組織の襲撃を受けて、道前が五歳のときに死亡した。

その後、初代組長だった祖父の徹治《てつじ》が返り咲き、二代目の報復を成し遂げ、手打ちという形で相手組織を吸収し、着実に勢力を拡大していった。

道前は祖父に引き取られ、血の気が多いながらも情に厚い昔気質《むかしかたぎ》のヤクザに囲まれて育ち、ごく自然に極道の世界に入っていった。

祖父も八十歳を過ぎて半隠居状態なので、そう遠くなく道前が三代目を襲名することになるだろう。

今は若頭として組をまとめる一方、金融や不動産、飲食などのさまざまなフロント企業にも目を配り、忙しいながらもやり甲斐《がい》を感じる日々を過ごしている。

『もう三十四だろう。早くひ孫の顔を見せてくれ』

折に触れて祖父からそう言われるが、まだ自分と結婚が結びつかない。出会いは腐るほどあるし、中には積極的な女もいるが、これまでピンときたことはなかった。

……まあ、焦《あせ》るものでもないだろう。

ふと気づくと、仔猫が膝の上で一丁前に香箱《こうばこ》を作っていた。今はこれくらいがちょうどいいと、道前はその小さな頭を撫でてやる。

どういうわけか捨て猫や迷い猫を保護することが多く、見捨てておけなくて里親状態になってしまう。急に留守にすることもある身では、恒久的に飼い主になるのも気が咎《とが》めて、信頼する相手に望まれたときには譲るようにしていた。

しかしそう簡単に飼い主が見つかるものではなく、思案の末にフロント企業のひとつとして猫カフェを開業した。保護した猫の健康チェックが済んだ後は、そちらに引き渡している。縁あった猫のその後の様子を、いつでも見に行けるのはやはり安心する。しかし道前が姿を見せると猫たちが集まってきて、スタッフから営業妨害だと文句を言われてしまうので、窓越しにこっそり眺めるだけなのがちょっとせつない。

「ただいま戻りました！」

元気な声とともに事務所のドアを開けたのは、美織を自宅まで送り届けたリュウだった。まだ盃《さかずき》前の使い走りだが、フットワーク軽く動くので重宝されている。なにより素直で明るいので、組内のムードメーカーだ。

「ご苦労だったな。それで？」

「親父は帰ってないみたいでした。帰り道もゆっくり見て回りましたけど、それっぽい姿も見かけずで。すげえボロいアパートでしたよ。三戸ずつの二階建てだけど、他の部屋住んでんのかなあ？」

杉野の問いに答えたリュウは、「お茶淹《い》れますね」と奥のキッチンに向かった。

「杉野、娘を張れ」

「アパートには見張りをつけてますが」

「娘本人にもつけろ。うちが解放しても、他が捕まえるかもしれん」

そこまでしなくても、というような顔を杉野はしたが、なにも言わずに頷いた。

杉野の言いたいことはわかる。ロードファイナンスが美織をどうしようと、それは道前の自由だが、同様に他の融資者が返済の代わりに美織を手に入れたとしても、それもまた先方の勝手で、道前が口を出せることではない。

それでも――なにか釈然としなくて、美織に監視をつけるよう指示してしまった。

「お待たせしましたー！　どうぞ――」

リュウは道前から順番にお茶を出していくと、最後にミルクが入った小皿を床に置いた。

道前の膝の上で居眠りを決め込んでいた仔猫がはっと目を見開き、甘えるような声で鼻をヒクつかせながらソファから飛び降りた。ミルクを見つけて、夢中で舐《な》め始める。

そばにしゃがみ込んでそれを眺めていたリュウは、くしゃみをひとつして鼻を啜《すす》ってから、顔を上げて道前に笑いかける。

「カシラ、また猫拾ったんすね。猫用ミルク、買い置きしといてよかったー」

「そこのパーキングに停めたら、隣の車の下から出てきたんだ。蹴飛ばしてもついてきやがる」

「またまたー。蹴飛ばしたりできないでしょ」

「俺はおまえのこと、いくらでも蹴飛ばせるぞ」

「ちょっ、杉野さん！　勘弁してくださいよー」

舎弟たちのやり取りを聞きながら、道前はふと思った。美織に情けをかけるような真似をしてしまったのも、この猫を拾ったのと同じようなものかもしれない。あまりにも非力で、このままではどう見ても明るい未来がなさそうで、だからつい手を差し伸べてしまったのだ。

美織の大きな目を思い出し、やはりどことなく猫に似ていると道前は思った。

2

美織《みおり》は狭い玄関のたたきで、ドアにもたれたままずるずると座り込んでしまった。

今しがたリュウに部屋の前まで送られ、「ちゃんとカギ締めてくださいよ」と念押しされてサムターンを回したところだ。

……ほんとに助かったの……？

美織自身は知らなかったこととはいえ、自ら転がり込んできた獲物を手放したりするだろうか。相手はヤクザで、借金のカタという大義名分もある。

もしかして、美織ではカタにならないと判断されたのだろうか。風俗で働かせても回収するほど稼げない、とか。

しかし金を得るのは、なにも働かせるばかりではない。ヤクザが臓器売買に一枚噛んでいるなんて話は、ネットにいくらでも転がっている。あくまで噂《うわさ》で、真偽は定かでないけれど。

父にはしっかり返済させると言っていたが、事情も知っていて唯一の家族でもある美織を、ヤクザ組織が無罪放免するだろうかと信じられないのだ。

……あ、もしかしてヤクザじゃないとか？

事務所の雰囲気と義道組《ぎどうぐみ》という名称にそう思い込んでしまったけれど、大手ゼネコンにだって組とつく社名はある。客に舐《な》められないように、精いっぱい強面《こわもて》を装っているとか。しかし美織はすぐにため息をついた。

いや、そんなことないよね……。

この期に及んで、現実から目を背《そむ》けてはいけない。美織が放免されたのはともかく、父は依然として返済義務を果たしていないうえに、逃げ回っている状況なのだ。

とにかくお父さんが帰ってきたら、なんとしてもロードファイナンスへ引っ張っていって、少しでもお金を返さなきゃ。

逃げ回るにしても先立つものがないのは明らかで、すぐに戻ってくるだろう。その前に義道組に捕らえられるかもしれないが、そのときは美織にも連絡が来るだろうか。

美織はもらった名刺を取り出した。シンプルな文字に、道前《どうぜん》の顔が目に浮かぶ。

あの人がヤクザのカシラ……組長ってこと？　そんなふうに見えなかったな……。

外見だけなら、杉野《すぎの》たちのほうがよほどそれらしかった。道前も眼光は鋭《するど》かったけれど。しかし仔猫を見下ろす眼差しは優しげで、慈愛すら感じるほどだった。

それにしても、なんで猫を連れてたんだろう？

悪の組織のボスが血統書付きの長毛種の猫を膝に乗せて、グラスを揺らしているような漫画はあるけれど、現実世界でヤクザが猫を抱いて、出先を回っているなんて絶対に変だ。というか、ありえない。

でも、可愛《かわい》がってるみたいだったのよね……猫も懐いてたし。不思議な人……。


それから三日、美織は日常生活を送りながら、ロードファイナンスに何度か電話をかけた。幸いなことに応対に出るのはいつもリュウで、電話を切られることもなかった。

『見つかんないんすよねー。こっちが訊《き》きたいくらいで』

父の行方を訊《たず》ねても、毎回そんな返事だ。ほっとする一方、父の安否が気にかかる。客観的に見ても最悪の仕打ちを受けたのに、やはり父は父であり、唯一の家族でもあり、見捨てることはできなかった。

今日は給料日で、美織は父が戻ってきたらロードファイナンスに返済に行くことを考えて、最低限を口座に残して引き出してきた。

毎晩父の分も夕食を用意しているが、それはそっくりそのまま翌日の美織の弁当になっている。それでも作らずにはいられなくて、今夜は給料日ということもあり、ちょっと奮発して父の好物のカレイの煮つけを作った。

あーあ、今日も無駄だったか……これ、お弁当箱に入るかな？

父の分を冷蔵庫にしまって、狭い台所の明かりを消した。

2DKのアパートの居間が、美織の寝床でもある。座卓を隅に寄せて布団を敷き始めると、玄関のほうで物音がした。慌《あわ》てて引き戸を開けた美織の目に、たたきで靴を脱ぐ父の姿が映った。

「お父さん……！」

「なんだ、まだ寝てなかったのか」

ロードファイナンスに置いてきた美織がいることに驚いた顔もせず、さらにまったく悪びれた様子もなく、父は台所を通って居間に入ってきた。

「どこ行ってたの？　私を置き去りにして――」

「キーキー喚《わめ》くなよ。何時だと思ってんだ」

父が近づくにつれて、強いアルコール臭がした。

「そんなに飲んで……お金なんかなかったでしょ」

「あるだろ」

父は赤く濁《にご》った目でニヤリとした。酒臭い息が吹きかかり、美織は息を詰める。

「給料日じゃねえか」

美織がはっとする間もなく父は素早く動いて、座卓の上のバッグに手をかけた。

「お父さん！」

腕を掴もうとした美織を振り払い、父は財布を物色した。中身がほとんど入っていないと知って忌々《いまいま》しげに鼻を鳴らし、バッグを逆さにする。

「ほうら、あった」

目敏く銀行の封筒を見つけ、一転して機嫌よくそれを振った。

「それは渡すから！　でも返済に充《あ》てて！」

「わかったわかった」

指を舐めて札を数える父は、自分がなんの返事をしているかわかっていないだろう。美織の言葉すら、まともに聞いていないのかもしれない。

急速に無力感に襲われ、美織は毛羽立った畳の上に崩れ落ちた。

もう……無理なのかな……。

父に返済する気はないし、美織にはそれを説得する力もない。美織のことなど、もう娘とも思っていないのだろうし、そんな関係に成り下がってしまった己の無力さに打ちひしがれる。

そのとき、大きな音を立てて玄関のドアが開いた。複数の足音が台所の床を軋《きし》ませる。

美織は義道組の追手が駆けつけたのかと振り返ったが、居間に踏み込んできた三人の男は、見知らぬ顔だった。だが、ひと目で堅気《かたぎ》ではないとわかった。

な、なに……？　まさか……。

男たちは土足のままで、座り込んだ美織を囲むように立ち塞がった。深夜だというのにサングラスをかけたひとりが、身を屈《かが》めて美織に顔を近づける。

「ふうん、この女か。親父の娘にしちゃ上等じゃねえか」

「二十一だったか？　擦れてねえ感じがいいねえ」

「いやいや、こういうのに限って化けるんだって」

下卑《げび》た会話に耳を塞ぐのも忘れて、美織は父を見上げた。

「お、お父さん……またなの？」

父は美織を見ようともせずに、揉《も》み手しながら男たちに愛想を振りまいていた。代わりに男のひとりが答える。

「そうだよ、ネエちゃん。可哀想《かわいそう》になあ。親が作った借金のカタに売られるなんて、いつの時代の話だよってな。けど、いつだってあることなんだよ。恨むなら親父を恨みな」

だめだ……お父さんはもうだめだ。そして、私も……。

絶望が深すぎると、ただ腑抜けたようになってしまうらしい。美織は男に顎《あご》を取られても、されるがままで座り込んでいた。

「あの……約束のものを……」

父の声に男が応え、借用書か領収書か、一枚の紙を差し出した。それを受け取った父は、まだ物欲しそうに目を上げる。

「別に三十万、ってことでしたが……」

「ああん？　借金チャラにしてやろうってのに、まだ欲張るのかよ？」

睨《にら》み据《す》える男に、父は後ずさりながらも食い下がった。

「いや、でも――」

そこに玄関ドアを叩く場違いな音が響いた。

「誰だ⁉」

男たちは瞬時に身構えて振り返る。美織も見るともなしに戸口に目を向けた。そして目を見開く。

……道前さん……！

ロードファイナンスの事務所で会ったときのように隙のないスーツ姿の道前が、子分を引き連れて立っていた。今日は猫は一緒ではないようだ。

「邪魔するよ。おっ、揃い踏みだな」

道前の子分が発した言葉に、男はガンを飛ばしたが、すぐに驚いたように目を瞠《みは》った。

「あんた……義道組の……」

道前は口端を歪《ゆが》めるように笑った。

「挨拶《あいさつ》する手間が省けたな。こっちもそちらのことは知っている。井《い》の中組《なかぐみ》の若い衆だろう?」

素性がバレていると知って一瞬怯《ひる》んだ男たちだったが、すぐに威勢よく言い返す。

「だからなんだってんだ！　うちだってこのオヤジに金貸してんだよ。返済の代わりに娘を差し出すってことも合意済みなんだ。へっ、残念だったな。取りっぱぐれか？　出張るのが遅えよ。今の世の中、なんでもちゃきちゃきやらねえとな。昔気質《むかしかたぎ》のヤクザなんて流行んねえんだよ」

「よく回る口だ」

道前は井の中組の男にはさほど関心を示さず、美織の父――――戸部をひと睨みして足を踏み出した。それだけで戸部は壁際に後ずさる。しかし道前が手を伸ばしたのは、座り込んでいた美織だった。

「おいっ、なにすんだ！」

男の制止の声も無視して美織を立たせると、腕の中に抱き寄せた。

「うちが買ったってのが聞こえなかったのか」

「いくらだ」

「はあっ？」

井の中組の男たちも呆《ほう》けたように口を開いたが、美織もまた道前の顔を見上げる。

いくらって……お金を払うつもりなの？　どういうこと？　そんなのおかしくない？

そもそも最初にロードファイナンス——義道組に、美織は借金のカタに差し出されたのだ。それを断ったのは道前のほうなのに、買い取ると言うのだろうか。そんなことなら、最初から美織を解放しなければよかったのに。

「……あんた、おかしいんじゃないか？　そっちだって金を貸してんだろ？　それがなんでうちに払うことになるんだよ？」

理解できないという顔で、男は呟《つぶや》くように言い返した。

「人間より現ナマのほうが面倒がなくて、そっちだって都合がいいはずだ」

道前の言葉に思わず頷《うなず》きかけた男だったが、なにかを算段するように口を噤《つぐ》んだ。おそらく道前の提案に乗りたいのだろうが、それでもなにか裏があるのではないかと、必死に思考を巡らせている。

「返済は身内にさせるもんで——」

これといって答えがまとまらないまま、時間稼ぎのように口を開いた男に、道前はとんでもない台詞《せりふ》を発した。

「こいつは俺の嫁だ」

「……はあっ⁉」

井の中組の男たちは驚愕《きょうがく》の声を洩《も》らしたが、美織の驚きはその比ではなかった。びっくりしすぎて声も出なかった。

なに……？　なに言ってるの⁉

道前の意図がまったくわからない。そんなみえみえの嘘をついて、なんになるというのだろう。しかもそんなことを言ってまで、井の中組に金を払おうとするなんて。

「おい、どうすんだ！　カシラが払うとおっしゃってるんだ。さっさと答えろ！」

それまで行儀よく控えていた道前の子分が、井の中組に向かってずいと迫る。そういえば彼は過日、道前につき従ってロードファイナンスに現れた坊主頭だった。とびきり強面なので凄まれると迫力があり、井の中組も気圧されていた。

「いくらだって訊いてんだよ」

額同士がくっつきそうな距離に迫られ、井の中組の男は口を開いた。

「……さ、三――……一千万……」

「ああっ？　なんだと、てめえ――」

嚙みついた坊主頭を、道前が制した。

「いい。出せ」

その指示に、義道組のもうひとり――この場でいちばんの優男が手にしていたボストンバッグを畳に置いて、口を開けた。帯封された百万円の束を無造作に摑み出しては、井の中組の男の手に渡していく。

「はい、じゃあ受書をお願いしますよっと」

最後に書類らしきものと朱肉を取り出して、井の中組の男に強引に拇印《ぼいん》を押させた。

一千万円を抱えて呆然とする井の中組を、部屋から追い出す義道組子分たちの動きは速かった。

「さあて、お次は戸部《とべ》さん、あんただ。来てもらおうか」

まだ重そうなボストンバッグを持ち直した優男が、父の手首を掴んだ。すっかり酔いが醒《さ》めた表情の父は、項垂《うなだ》れて従っている。

「お父さん……！」

ようやく我に返った美織の呼びかけにも、父は振り返ることなくそのまま玄関を出ていった。

「父は……父はどうなるんですか⁉」

腕から抜け出して向き直った美織に、道前はどこか面白くなさそうに肩を竦めた。

「この期に及んでまだ父親の心配か。もちろん返済してもらう。そうだな……マグロ船に乗ってもらうか」

「は……？　マグロ船、ですか……？」

漁の手伝いでもさせて稼がせるのだろうか。たしかにマグロ漁は儲けが大きいとテレビで見たことがあるけれど、なんの経験もない父が役に立つのだろうか。むしろ手間をかけさせるだけのような気がする。

美織が怪訝《けげん》な顔をしていたせいか、道前は軽く首を傾げた。

「聞いたことがないか？　……まあ、他にも稼ぎようはある。なにかしらやってもらうさ」

曖昧《あいまい》にはぐらかされたような気もするけれど、父から取り立てるつもりはあるようだから、無事ではいられるのだろう。死んでしまっては、一銭も返せないままだ。

だって……けっきょくお父さんはまだロードファイナンスに返済してないわけだし、一度は差し出した私を、別のところに売り渡そうとして……そういうのって、すごい不義理になるんじゃないの？

言ってみれば、ひとつしかない品物を二か所に売ろうとしたようなものだ。そう考えたら詐欺ではないか。

そんなことを考えていた美織は、はっとして顔を上げた。視線が合った道前は、わずかにたじろいだように目を瞠った。

「な、なんだ？」

「一千万！　ああ、どうしよう……申しわけありません、うちのせいで……迷惑ばかりかけて、一円もお返しできていないのに……」

「いや、それは――」

なにか言いかけた道前だったが、つい今しがた目の前で大金がやり取りされた光景が脳裏に蘇《よみがえ》り、美織はそれどころではなかった。なにがどうなって、あんなにあっさりと一千万が動いたのかわからないけれど、それを返すのは美織なのではないかと震え上がる。

「……私も！　私もマグロ船に乗せてください！」

気配を消すようにして部屋の隅に立っていた坊主頭が、間髪容《かんはつい》れずに吹き出した。なにかおかしなことを言ったのだろうかと思ったが、やはり今はそれどころではない。なんとしても道前が納得するような、借金返済計画を立てなくては。

しかし道前は、困惑《こんわく》したように美織を見返していた。やがて小さくため息をついて、室内を見回す。

「とりあえずここは引き払え。他の債権者も目をつけているに違いない。こんなことを繰り返してたら、そのうち本当に身売りすることになるぞ」

急かされながら最小限の荷物をまとめて、美織は道前らとともにアパートを後にした。路肩に停まっていた白い大型ワンボックスカーに乗り込むと、運転席にいたリュウが振り返った。

「無事でしたか。ひと安心っすね」

「あ……ご迷惑をおかけしてます……」

助手席に坊主頭、美織の隣に道前を乗せて、車は動き出した。すでに別行動のようで、父も金の受け渡しを担当した優男の姿もない。

私……この人の隣に乗っていていいんだろうか……それより、どこへ連れていかれるんだろう？

不思議と恐怖を感じないのは、ヤクザなのは間違いなくても、少なくとも無体なことはしない人たちだと感じているからかもしれない。

思い返してみても、道前には初対面のときから恐れを感じなかった。整った外見もさることながら、猫を相手にするしぐさや表情に、ひと口にヤクザと言っても恐ろしいばかりではないと思ったのかもしれない。

もっとも他の面々には怯んだし、井の中組にはそれ以上の恐怖を覚えたから、道前が特別なのかもしれないし、その道前だって違う顔を持っているのかもしれないけれど。

それにしても、どうしてこの人はまた私を助けてくれたんだろ――。

そのとき美織は、道前の言葉を思い出した。先ほど、父の借金の返済を身内の美織にさせると言った井の中組に対して、道前は美織のことを自分の嫁だと言って金を払ったのだ。

嫁って……。

あの場を自分の意向どおりに進めるための方便にしても、突拍子《とっぴょうし》もない台詞だ。それでは美織が極妻ということになってしまう。

「なんだ？」

気取られないように盗み見ていたつもりだったが、道前は敏く察知して美織を見返した。鋭くも涼しげな双眸《そうぼう》に、視線を逸らそうとしながらもできない。

「いえ……、あの……さっき、嫁って……」

「不服か？」

訊き返されて、美織は言葉に詰まった。予想外の質問に、なんと答えたらいいのかわからない。それよりも、なぜ否定や説明ではないのか。まさかとは思うが、本当に美織を妻にするつもりなのだろうか。

……まさか。そんなことありえない。

美織と結婚しても、道前にはなんのメリットもない。これまでヤクザと関わったことなどない一般人で、極道の世界のことなどまったくわからないし、貧しいうえに父親は借金を作って逃げ回っていた半端者だ。娘を売り払おうとしたくらいで、正直もう立ち直る見込みはないのではないかと、美織も思っている。強制的に働かされることで、どうにか返済は始められそうだけれど。

とにかくそんな環境にいる美織を、好き好んで選ぶような人がいるはずもなく、だから道前が美織を連れ出したのは、先ほどの一千万を美織に返済させるつもりなのだとしか考えられない。

やっぱり風俗に出されるのかな……それでも一千万って、気が遠くなるような話じゃない？

自分にそれほど稼げるとは思えず、現実感が薄い。

あるいは、道前の愛人にされるだろうか。いや、道前なら相手に不自由しないだろうから、わざわざ手間と金をかけて美織を手に入れる必要はないだろう。

一千万の支払いと美織の保護――説明がつかない道前の行動は、美織を守るためだったという以外に答えが出ないのだ。

「……いいえ……」

道前がずっと見つめているので、美織は消え入りそうな声で答えた。なにがどうだろうと、あの場を救ってもらったのは事実で、なにも言える立場ではない。あのまま井の中組の手に渡っていたら、美織の人生は間違いなく終わっていた。

「ならいいだろう。これで他の債権者が来ても、手は出せない」

正面に視線を戻した道前の横顔を見ながら、やはり美織を救うつもりだったのだと理解した。もちろんそんな慈善事業的な行動が、たとえカシラの立場でも許されるものではないと、部外者の美織でも察する。たぶん美織は道前に、一千万で買われたことになるのだろう。

けっきょく最初の話とそう変わらないことになるが、不思議なことに美織は悲観していなかった。道前に大金を使わせてしまったという申しわけなさはあるが、その分はなにをしてでも恩返ししていこうと密かに誓う。

ただ、なぜ道前がここまでしてくれるのかというのはわからないままだけど。

◇

美織を残してロードファイナンスの事務所を逃げ出した戸部を、義道組の手下はその日のうちに発見していたが、道前の指示に従って、捕まえずに見張っていた。

パチンコを打ったり、酒場でちびちびと酒を飲んだりしながら、数軒の街金にも足を運んでいたが、思うような借り入れはできなかったようだ。

その後、戸部はアパートに足を運び、明かりがついているのを見て、美織が帰宅しているのを知ったのだろう。井の中組が経営する街金に連絡を取り、組員ともども今夜のアパート襲撃となった。

一方、美織にも監視がついていたので、双方が連絡を取り合って、万が一にも井の中組に出し抜かれることも、美織自身に危険が及ぶこともないと思われたが、道前にも逐一報告を上げさせていた。

つまり今夜の展開は道前の予想どおりで、事前に待機していた道前が現場に踏み込んで、井の中組には金輪際、美織に手出しできないように釘を刺し、戸部の身柄を押さえる——

——という計画どおりになった。

そのはずなんだが……。

美織をアパートから連れ出した車中で、道前はともすれば視線が横に流れそうになるのを、意識して引き戻していた。

寝支度を済ませていた美織は、スウェットの上下という格好で素顔のせいか、高校生と言っても通りそうなほど幼く頼りなく見えた。荷物を詰めたトートバッグを膝の上で抱えているが、その重さに押しつぶされてしまうのではないかと心配になるくらいだ。

今夜初めて道前は美織の父親である戸部修《おさむ》を見たわけだが、杉野たちの話に違わぬ外道ぶりに、憤りを新たにした。同時に美織に対する憐《あわ》れさが増し、さらに彼女のあの場での言動に驚きを通り越して呆れもしていた。

あの親父から、なんでこんな娘が出来上がるんだ？　ばか正直にもほどがある……危なっかしくて目が離せない。捨て猫よりも危うい。

たとえふたりきりの家族だろうと、今どきの若い娘なら、とうに父親に見切りをつけて逃げ出していてもおかしくなかった。それがまんまとロードファイナンスまで連れてこられて、あろうことか一緒に返済するとまで言い出し――道前は父親から逃げろと言うつもりで、美織に返済の義務はないと告げたのに。

どうしようもない親父は同じ手を繰り返し、再び美織を危機に陥《おとしい》れた。もはやあの男に更生の可能性はない、むしろ美織のそばにいるだけで害悪だ。

しばらくは美織に伝えたとおりになにかしらの労働を課すが、手っ取り早く金に換《か》えるつもりでいる。もちろん美織には知らせない。

この娘は、もう充分つらい目に遭った。まあ、ヤクザのそばにいるのも本意ではないだろうが、父親といるよりはずっとマシだと思わせてやる。

美織がどう思っているかはともかく、己の判断と行動は間違っていなかったと、道前は確信を持っていた。

昔気質の祖父に育てられたこともあって、道前は女は守るものと決めている。

窮地をしのぐためだったり、野望のためだったりと理由はあるのだろうが、身勝手に振り回したり、女を手駒同然に利用する男も周囲には多い。かく言う義道組の二代目——道前の父も、本人なりに意図があってのことなのかもしれないが、なにかと母を連れ回した結果、ともにいるところを襲撃されてしまった。父はともかく、完全に夫唱婦随《ふしょうふずい》だったと聞く母は巻き込まれたと、道前は思っている。

その点祖父は、女は奥で守るものと徹底していて、祖母をいわゆる姐《あね》として人前に出すことはまずなかったという。まあ女好きなのは否定できず、祖母が早逝した後も籍を入れることこそなかったが、愛人を取っ替え引っ替えしていたようだ。

『おまえに跡を継がせんでも、どこかに俺の子が二、三人はいるはずだ。そっちに任せてもいいんだ』

というのが道前とケンカしたときの祖父の口癖だ。だが、そんな心当たりがあれば、身近に置いて離そうとしないだろうと、本気にしたことはない。

それはさておき、道前が美織を自分が守るべき女と意識して行動を起こしたかというと、そこは微妙で、ただただ憐れな気持ちが先立ったというのが正直なところだ。

そう……猫を拾ったときとよく似てる。

手を差し伸べずにはいられなくて、一刻も早く安心できる居場所を与えたくなってしまうのだ。先のことなど考えもせずに。

保護を繰り返すうちに、猫カフェの経営に辿《たど》り着いたが、本来なら拾った以上は己で飼育するべきなのだとわかっている。そこまでやってこそ、責任を果たすことになるのだ、と。

逆を言えば、責任を取る覚悟がないなら、最初から手を出すべきではない。

道前にはそこまでの覚悟はないのだ、きっと。

急に留守にすることもあるからとか、場合によってはそれきり戻れないような状況になることだってないとは限らない身だとか、いろいろ言いわけしてみるけれど、本音は守るべきものを作ってしまうのが怖い。

手を尽くしても守れなかったときに、きっと激しく後悔する。義道組の若頭という立場の自分はもちろんのこと、妻や子どもというような近しい存在も、狙われることがないとは言えない。

自分は承知の上でこの世界にいるが、愛《いと》しく思い、守り抜くべき相手を、みすみす危険なポジションに据えるなど考えられなかった。

だから美織を救ったのも、野犬やカラスに襲われている仔猫を助けるのと同じようなものだ。それ以外にない。

だいたい俺がつきあってきた女なんて、下手すりゃ若い衆より肝が据わってるようなのばかりで……。

見た目は美女揃いだったと思うが、いずれも中身は度胸と包容力のある自立したタイプで、惚《ほ》れた腫《は》れたというよりも、気が合って肌も合わせたというパターンだ。そんなふうだから、道前を自分の男と意識しても、目に見える形を結んで縛ろうとはしなかった。本人もまた同様で、道前の所有物となるのはよしとせず、飽きればさっさと離れていった。そんな関係は、道前にとっても好都合だったと言える。

守るべき存在を作らないためにも、道前は無意識に結婚を忌避《きひ》してきた。必要なときにそれが枷《かせ》となって思うように行動できないのは、組の存亡にかかわるし、妻子に万が一のことがあれば、きっと道前自身の心がもたない。

それがまさかあの場で、嫁云々などと自ら口に出してしまうとは。井の中組とさっさとけりをつけたかったこともあるし、今後美織に手出しをさせないよう釘を刺す意味もあったにせよ。

しかし自分でも驚きはしたが、不思議とそれでもいいのではないかと思っている。実際に籍を入れることはないにしても、美織を守るために道前にできる最善の策だろう。

とにかくこれまでどんな猫を拾ったときよりも強く、美織をなんとかして守りたいという気持ちが、我ながら戸惑《とまど》うほど強くなっていた。

こっそり隣を窺《うかが》うと、相変わらず美織は身を縮めるようにして座っていた。道前をはじめとするヤクザ連中と同じ車の中で、どこへ向かっているのかも知れず、恐れるのも無理はないと思うが、なんとも複雑な気分で内心ため息をつく。

俯《うつむ》いた横顔は明らかに頰が強張《こわば》っていて、長い睫毛《まつげ》も形のいい小さな唇も台無しだ。笑ったら、もっと可愛らしく見えるだろうに……。

果たして道前の前で笑顔を見せることなどあるのだろうかと思いもしたが、すぐにそうさせたい、それを見たいという気持ちに変わっていった。

これから先も美織を守り切れるのか、人ひとりの人生に責任を持てるのかという懸念は変わらない。道前は自分を万能だとは思っていない。それでも、この女をそばで見守りたいという気持ちは変わらなかった。

「麻布台《あざぶだい》に行け」

道前の指示に、ハンドルを握るリュウは短く答えて車線を変えた。

義道組の事務所と道前家本邸は芝《しば》だが、二代目一家は麻布台に自宅があった。両親の死後、道前は祖父と暮らす本邸に引き取られて育ち、しばらく麻布台の家は無人だったが、二十五歳で若頭を襲名したのを機にひとり暮らしを始めた。

いきなり嫁と言われて混乱しているところをヤクザの事務所に連れていって、美織をますます戸惑わせるのは本意ではない。道前の住まいなら、少なくとも見た目はふつうの住宅だから、少しはましだろう。

大使館や高級マンションが建ち並ぶ通りを奥に入ったところで、自宅のガレージのシャッターが音もなく開いた。目を瞠る美織を、車庫入れ前に降りるように促す。

ガレージ横の門扉も完全に視界を遮《さえぎ》るようなステンレス製の一枚板で、侵入を防ぐために塀もろとも高さを出していた。

それを見上げる美織の背中に手を回すと、華奢《きゃしゃ》な身体がびくりとした。

あ、それはちょっと傷つくぞ。嫁にすると言ったからって、すぐさまどうこうしようというつもりもないし。

そう思いはしたが、今ここで口に出しても美織を警戒させるだけだと察して、手を引っ込めて先に歩き出す。

「俺の家だ。ひとまずここで暮らしてもらう」

「は、はい……」

全面的に母のリクエストに応じて建てられた家は少女趣味が強かったので、移り住む際に手を入れた。住人がいないままの経年の風合いもいい具合に作用して、趣《おもむき》のある洋館風の佇《たたず》まいだ。

玄関に入った美織はぐるりと見回して、ため息を洩らした。

「……すごい。広くて立派なお家ですね」

「部屋はそうだな……とりあえず二階の奥を使うといい」

階段を上がって部屋に案内すると、美織はまたしてもうっとりと見回した後で、はっとしたように道前を振り返った。

「あの、こんなにすてきなお部屋、私にはもったいないです。住まわせていただけるだけでもありがたいのに……もちろん家事は精いっぱいやらせていただきます。あの……できる限り恩返ししたいと思っていますので、ご要望があればいつでもなんでもおっしゃってください。気が利かないので、気づかないこともあるかと――」

途中から表情に陰りが見え始めたのは、自分がするべきことが家政婦業だけでなく、ベッドの相手も含まれていると思い至って覚悟したからだろう。それでもぎこちなく笑みを浮かべる美織に、道前は神経を逆撫でされた。

違う。そんな作り笑顔が見たいんじゃない。

これまでの流れで自分が金で買われたと思うのは、無理のないことかもしれない。しかし道前にそんなつもりはないのだと、苛立《いらだ》ちにも似た気持ちが膨れ上がる。

「必要ない。俺は本邸で過ごすから、好きなようにすればいい。女を囲ったつもりはないからな」

身体目当ての奴らと一緒にするなと、言ったつもりだった。

「……でも――」

美織の表情からはそれがまったく伝わっていないように窺えて、つい我慢の糸が切れた。信用できないというならそれでいいと、道前は美織の肩を引き寄せ、その唇を塞いだ。腕の中の身体が一度跳ね、やがて小さく震え出す。それは触れ合った唇からも伝わってきて、道前は差し入れかけた舌を引っ込めて、押し返すように美織から離れた。

なんなんだ……。

美織の反応ではない。驚かれるのは予想していた。それに対して、自分が逃げるように引いてしまったことだ。本意ではなくても道前の要求に従うと覚悟を決め、また道前はそのつもりなのだろうと決めてかかっていた美織に対して、なんの不都合もない行動だったはずだ。

それなのに、道前はそれ以上続けられなかった。美織が委縮したり恐れたり、最悪道前を避けるようになったりしたらと、それが気になったのだ。美織の様子からして、さほど色恋の経験がないのは見て取れ、当然の反応とも思えたけれど、それでも神経質になった。こんなことは初めてだ。

「……すみません……」

消え入るような声に、道前は我に返って美織を見た。萎《しお》れた野の花のような姿に、自己嫌悪と苛立ちがない交ぜになり、伝えたいこともまとまらないまま口を開く。

「嫁にすると言ったはずだ。しかし、その覚悟が決まるまで猶予をやる」

答えようもないのか、美織は俯いた。沈黙の中、遠くで猫の鳴き声がした。

道前はそれに救われたように、部屋を出て階段を下りた。背後から美織の足音も続く。

玄関脇のドアを開けると、仔猫がいっそう声を張り上げて、訴《うった》えるように道前を見上げた。

「あ、この前の仔猫？」

「ああ、あの日に拾った。獣医に診せて、健康診断の結果待ちだ」

道前は部屋に入って、キャットフードを用意した。仔猫は器に顔を突っ込むようにして貪《むさぼ》り食っている。この調子なら、急に体調が悪くなることはなさそうだ。感染症その他の心配がなければ、時期を見て猫カフェに移動させるつもりだった。

そう説明すると、美織は目を丸くした。

「猫カフェも経営してるんですか？　あ、もしかしてこんな猫ちゃんたちのために？　それまでは道前さんが世話をしてるんですか？　ご自分で？」

明らかに腹部がパンパンに膨れ、満足げに口元を舐め回す仔猫を見下ろしながら、美織があれこれと訊いてくる。

キスの一件で気まずくなった空気が一掃されたようで、道前は密かに仔猫に感謝する。

「この家に置いておいて、俺以外に誰が面倒を見るんだ」

「あ、じゃあこの子の世話は任せてください。でも、動物を飼ったことがないので、教えてくださるとありがたいです。名前はなんて言うんですか？　男の子？　女の子？」

「メスの雑種だ。名前はない」

「えー、つけてあげましょうよ。ないと不便ですし」

「一時預かりみたいなもんだからいいんだ」

先ほどまでの気まずさが嘘のように、会話が続いた。それにつれて、道前の中のもやもやした気持ちも晴れていく。

つまりはこのくらいが、現状に適した距離感ってことなんだろうな。

それを少しもどかしく感じてしまうのは、予想外に美織に惹《ひ》かれてしまったからなのだろう。猫と同じなんて、もう思えそうにない。

3

「おっはようございまーす！　よく眠れました？」

見た目より重く頑丈な玄関ドアを開けると、リュウがにっこりと笑った。

「おはようございます。はい、おかげさまで……今日はよろしくお願いします」

実は家の広さと静かさに落ち着かなくて、寝返りを打つばかりだった。しかしこんな環境を与えてもらって、文句を言ったりしたら罰が当たる。

「あれれ、そんな敬語やめてくださいよ。俺のことはリュウって呼び捨ててください。年下だし」

そうではないかと思っていたが、年齢を訊《き》くと十九歳だという。二十歳になったら正式な組員になれるのだと、リュウは嬉しげに語った。

これからアパートに行き、昨夜持ち出せなかったものを取ってくる。アパートを引き払う手続きは、道前《どうぜん》がしてくれるらしい。

リュウが運転してきたのは昨日よりも小振りなワンボックスカーだったが、荷物は余裕で収まった。どうしても手放せないのは母の位牌とアルバムくらいだったのだ。

　会社は退職した。すでに朝いちばんで今日の休暇願いとともに退職の意向を伝えていたが、突然のことにもかかわらず、美織《みおり》が出向くとすでに必要書類一式が用意されていた。

　以前から父や借金取りが外をうろついたり、電話をかけてきたりしていたから、会社としても厄介《やっかい》払いができて好都合なのだろう。

　ファミレスで昼食を取りながら、リュウに訊かれた。

「案外早く終わっちゃいましたね。他に用事はないすか？　買い物とか。あ、カシラから資金は預かってますんで」

「いえ、これ以上はお世話になれません――なれない、わ……」

　リュウがハンバーグを頬張りながら片眉を上げたので、美織は言い直した。敬語禁止を言い渡されたのだ。リュウのほうは敬語なのに、「ケジメってもんす」ということらしい。

「父に取り上げられた封筒も返してもらったから、少しは自由になるお金もあるし」

「しっかりしてますねー」

「そんなことないよ。しっかりしてたら、もっと早く父を止められたはずだもの」

　道前には親子で厄介になっているのだ。それに対して、自分はどう報いればいいのだろう。

　嫁って言ってたけど、本気とは思えない……。

　しかし真偽を問い質すことも、拒否もできる立場ではない。道前の意向にはすべて従わなくてはならないと思っているし、そうしたいとも思う。助けてもらったことには、本当に感謝している。

「道前さんには、なんて感謝したらいいか……義道組にも迷惑が――――」

美織ははっとして顔を上げた。美織が注文したカルボナーラはまだ半分以上残っているが、リュウはハンバーグもライスも平らげて、水のグラスも干したところだった。子どもっぽい瞳がきょろりと動く。

「なんすか？」

「事務所にご挨拶《あいさつ》に行きたい」

「へっ⁉　うちにですか？　そういう予定はないんすけど……」

リュウは困惑《こんわく》した顔で遠回しに拒否したが、美織は食い下がった。

「だって道前さんは義道組《ぎどうぐみ》の人なんでしょ？　少なからず、ううん、きっとかなり義道組にも迷惑をかけてると思うもの。それを無視するみたいで……ほら、義理を欠くっていうか。そういうの、だめなんでしょ？」

「あー、痛いところを突きますね。そう、うちは義理人情に厚い組ですから。ちょっと待ってください、電話してみます」

ファミレスを出て車に戻ったところで、リュウは事務所に電話をかけた。

「――――あれっ⁉　組長⁉　なんで電話番なんかしてんすか？　……ええ、はい。今途中です。それで、ご挨拶にいらしたいってことなんすけど――」

義道組の事務所は、大きな寺院の裏手にあった。間口の広い建物は、シャッターが下りたビルトインガレージと堅牢《けんろう》そうな引き戸が通りに面している。

足を踏み入れた事務所内はオフィス風の様相を呈していたが、そこに居並んだ組員たちはいかにもな風体で、美織は立ち竦《すく》んでしまった。リュウが紹介してくれたから、どうにか挨拶ができたようなものだ。

途中で買い求めた手土産を手渡すと、中身について問われ、美織は身振り手ぶりで必死に説明をした。

「美織さーん、そんなのてきとうでいいですから、こっちこっち」

リュウの声に反応したのは美織ではなく、早くも土産の煎餅《せんべい》を手にした組員で、眉間《みけん》にしわを寄せる。

「リュウ、てきとうってなんだ」

「すんません！　でもオヤジさんに挨拶しないと」

「おう、そうだった。お待ちかねだ」

追い立てられるようにして別のドアから外に出ると、ガレージに入り切らない車を駐めた敷地の奥に、瓦屋根を乗せた白壁の塀があり、その向こうから重厚な日本家屋が覗《のぞ》いていた。

これが組長宅？　すごい立派……っていうか、都内のこんな一等地に、この広さの土地って……。

「美織さん、こっちすよー」

呆然《ぼうぜん》とする美織を振り返りながら、リュウは数寄屋門《すきやもん》の格子戸《こうしど》を引いた。緊張する暇もなく慌《あわ》てて後に続くと、玄関へ向かっていたリュウの足が止まった。

「あれっ……」

リュウの視線は、手入れの行き届いた庭に向いていた。松を中心とした庭木に白石が敷き詰められた、すっきりとした和風庭園だ。木組みの棚に盆栽がいくつか置かれていて、その前で作務衣姿の庭師が作業をしている。

「オヤジさん！　組長！」

え？　ええっ⁉　こ、この人が組長⁉

おもむろにこちらを振り返った組長が、にかりと笑った。好々爺然《こうこうや》としていて、そうと知らなかったら、ふつうのご隠居にしか見えない。いや、やはり庭師にしか見えない。

「もう、オヤジさんー。座敷で待っててくださいよ。あ、こちらが戸部《とべ》美織さんです。今、麻布台《あざぶだい》のほうにお住まいになってます。美織さん、うちの組長の道前徹治《てつじ》氏っす。カシラのお祖父さん」

まるで近所か親戚のお爺さんを引き合わせるような、気安いリュウの紹介に頷《うなず》きかけて、美織はぎょっとした。

「えっ、組長が道前さんのお祖父さまなの？」

「そっすよ。ちなみにカシラは、若頭っていう次期組長のポジションっす」

「そ、そうなのね……」

極道の役職名を頭に刻み込んでいた美織は、我に返って組長に挨拶をした。

「戸部美織と申します。このたびは大変なご迷惑をかけておきながら、お言葉に甘えてお世話になっております」

しばらく頭を下げていても、なんの反応もなく、美織はおずおずと顔を上げた。組長は笑みを浮かべたまま美織を見ていた。

「うむ、気に入った！」

「は……？」

「少々地味だが、わしの昔の女に似ている。血筋だな、好みも同じか」

「いえ、私はそういうのじゃなくて――」

美織は慌てて否定したが、組長は聞いているのかいないのか、頷きながら美織とリュウを縁側から座敷に招いた。身内なら玄関じゃなくてもいいな、などと言いつつ。

待って待って！　勝手に納得されても困るんだけど……。

ここに来たのだって、組長にひと言挨拶をしなければ義理を欠くと思っただけなのだ。

そもそも昨日の今日で、道前が美織を引き取った経緯を、ちゃんと説明しているとは思えない。自宅でなくこちらの屋敷に泊まったのだとすれば、その理由くらいは言ったかもしれないけれど、嫁にするなんて話は出していないだろう。

「あの、私はただご厄介になっているご挨拶に伺《うかが》っただけで――」

「照れんでもいい」

勘違いされたら困る……でも、どう言ったらいいの？　道前さんの話と食い違ったら変に思うだろうから、めったなことは言えないし……。

なにしろ当の美織だって、あの発言が本気だとは思えないのだ。道前と会ったのは昨夜が二度目で、しかも返済もできない、客とは言えない男の娘を、どうしたら嫁にしようなんて考えられるだろう。百歩譲って、金で買った女というところだ。

そうだよ、一千万……どうしたらいいの……。

だからこそ美織は道前に全面服従のつもりで、キスされたときも覚悟を決めていたのだが、昨夜はそれで終わってしまった。相手にすらならないと道前が思ったのだとしたら、どうしたらいいのだろう。

「倫太郎《りんたろう》をよろしく頼むよ」

青畳もすがすがしい座敷で、リュウが淹《い》れてくれたお茶を飲みながら、組長はそう話しかけてくれ、すこぶる機嫌がよさそうだった。

しかし頼まれても、美織はそういった意味で道前の眼鏡に適《かな》ってはいないようで、俯《うつむ》いて頷くしかなかった。それすらも、組長を騙《だま》しているようで心苦しい。

たぶん私は、捨て猫と同じなんです……。

その夜、美織が夕食の支度をしていると、道前がやってきた。

「あ……こんばんは。お疲れさまです」

こういうときに、どう声をかけたらいいのだろう。おかえりなさい、というのは違う気がする。

道前は軽く頷いて、一瞬鼻をひくつかせたが、すぐに玄関脇の部屋へ入った。中では仔猫がアルミホイルの玉を夢中で追いかけていた。昨夜と違って道前には見向きもしない。

「なんだ、もうメシをもらったのか。俺は用なしってことだな」

少し残念そうに見えて、美織は慌てた。

「催促の声に負けて、一時間前くらいに。ぺろりと平らげていましたから、まだ足りないのかもしれません。それもあって、ネットで調べたホイルのボールをあげてみたんですけど……こんなに暴れてたら、逆にまたお腹空《す》いちゃうかもしれませんね」

「ねだられたらまたやればいい」

道前はそっとドアを閉めて、玄関へ向かおうとした。

「えっ、もうお帰りですか？　あの、お茶くらい飲んでいってください」

思わずそう声をかけると、道前は肩越しに怪訝《けげん》そうな顔を見せた。

「……そう言うのも変ですけど……道前さんのお家なので……」

「脅《おび》えてないなら、少し寄っていくか」

脅えるなんて……なくはないけど、でも道前さんはなにをしてもいいんだから……。

コーヒーをリクエストされたので、リビングのテーブルに置く。

「夕食を作ってたんじゃないか？」

「あ……はい。でも、もうすぐできますから——すみません、匂いしますよね。換気扇のスイッチがわからなくて……」

最初に道前が玄関で気にしたのは、それだったのだろう。

「ああ、ちょっとわかりにくいか」

道前は立ち上がってキッチンへ向かい、スイッチの場所を示した。ついでのように視線が鍋に向いたのに気づいたので、美織は言いわけのように説明する。

「ちょっと肌寒くなってきたので、うどんにしようかと——あ、よければいかがですか？　具は大根とニンジンと油揚げと——」

「いや——」

首を振られて、美織ははっとした。つい勧めてしまったが、こんなものを食べなくても、道前はいくらでも美味しいものが食べられる。

「おまえの分がなくなってしまうだろう」

しかし続いた言葉は思いがけないもので、美織はつい力を込めて言い返した。

「冷凍うどんなのでいくらでもあります！　明日も食べるつもりで、汁も多めに作りましたから」

道前が笑いをこらえるような顔をしているのに気づき、よけいなことまで言ってしまったかと美織は慌てた。

「いえ、あの——」

「じゃあ、ごちそうになるか。実を言うと、旨そうな匂いだと思っていた」

場所をダイニングのテーブルに移し、先に作っておいた鶏肉と厚揚げの煮物も出して、向かい合って食事をした。

密かに緊張して見守っていた美織は、道前がひと口食べて箸《はし》を止めてしまったのに焦《あせ》った。

「あのっ、七味とかネギとか、好きに足してください。なんなら醤油でも——」

「いや、旨い。見た目で薄味かと思ったが、しっかりダシが利いてる」

その後は勢いよく食べ進め、煮物にも箸を伸ばしていた。

手料理を父以外が喜んで食べてくれるなんて、初めてのことだった。それが道前だったのがまた嬉しい。ほんの少し、本当にわずかだけれど、恩返しできたような気がする。


義道組の事務所を訪《おとず》れた際に不在だったように、道前は外を回っていることが多いらしい。それでは猫の様子を見に来るのも手間になるだろうと、美織は改めてちゃんと世話の仕方を教えてもらうことにした。

「毎日来るのは大変でしょう?」

そう言うと、道前は一瞬微妙な表情をした後、世話についていろいろと説明してくれた。

それでも仔猫は、やはり道前の顔を見ると反応が違う。美織ではもの足りなさそうにしている気もする。

だから、道前が来てくれるのは大歓迎だった。前触れもなくやってくるから、美織はいつ道前が来てもいいように、食事の支度を欠かさなかった。せっかく食べてもらうのだからと、今まではいかに安く済ますかがすべてだったメニューが、少しずつ変わっていった。

それでもたまにうどんをリクエストされるのが、複雑なような嬉しいような。

はじめのうちは夕食を供されることに戸惑《とまど》っていたような道前だが、出した料理はきれいに食べてくれるのも嬉しく、ほっとする。

会話が増えるにしたがって、道前は元から猫好きというわけではなく、猫を拾うことが多かったのが世話をするようになったきっかけだと知った。それでも猫好きなのは事実で、可《か》愛《わい》がるだけでなく、道前なりに責任を持とうとしているのも感じた。猫カフェ経営などは、その最たるものだろう。猫のほうもその愛情を感じ取っているから、道前に懐くのだと思う。

来るたびに猫グッズを携えてくる道前だが、美織に土産を持ってくることもあった。猫のように無邪気に喜べず、むしろ心苦しさのほうが先立ってしまうけれど、できるだけ喜んで見せるようにしている。そんな美織を見て、道前の機嫌もよくなるように思えるのだ。

もっと道前さんに喜んでもらいたいな……どうすればいいんだろう？

嫁発言からの覚悟が決まるまで待つという話は、あれきり進展していない。道前の言動にも変化はなく、終わったことなのかと思ってしまうくらいだ。

美織にこれ以上なにかができるとすれば、まさにそれしかないのだけれど、果たして道前が本気かどうかも定かではないのに、自分から行動を起こすのも躊躇《ためら》われた。

肩を揉《も》んだりとか？　スキンシップから徐々に……とか。いやいや、怪しすぎる。だいたい拒否されたらどうするのよ？

自分の立場が猫同然だと思いながらも、猫でいてはいけないのではないか、猫でしかないのか——そのときどきで揺れ動きながら思い悩む。

健康体と太鼓判を押された仔猫は、道前が経営する猫カフェに移動することになった。美織も同行したのだが、二週間余りのつきあいといえども、唯一の同居相手でもあったわけで、別れは寂《さび》しかった。

拾った道前は美織の比ではないだろうと思ったが、意外にもドライ&クールにスタッフに引き渡していた。

新入りという立場になった仔猫は、しばらくケージの中で環境に慣れさせるとのことで、カフェ内の片隅で先住猫たちに囲まれ、注目されていた。

「仲よくしてもらえるかな……心配ですね、道前さん」

「ん？　ああ」

ガラス越しに様子を見ていた美織は、気のない返事に振り返った。道前はずいぶん離れた位置に立って所在なさげにしている。

「どうしたんですか？　お別れなのに。挨拶くらい——」

言いかけた美織に、スタッフがおかしそうに笑う。

「オーナーが姿を見せると、猫たちが集中しちゃうんです。それこそ、『久しぶりー！』『やっと会いに来てくれた』と言わんばかりで。お客さんガン無視で」

「そうなんですか。やっぱり好かれるんですね」

そっぽを向いている道前に、美織はつい笑みがこぼれた。道前もまた本当は猫たちをかまいたいのを我慢しているのか、指先がもぞもぞ動いているのに気づいたのだ。

「少し遊んでいきます？」

水を向けるつもりで美織はそう言ったのだが、道前は「いや、いい」と首を振って店を出た。

猫カフェの帰り道、公園の前で真っ黒な仔猫がよろよろと車道に飛び出してきた。

「止まれ！」

道前のひと声に、運転手をしていた組員が諦《あきら》めのため息をつく。路肩に寄せた車から飛び降りた道前は、当然のように仔猫を抱いて戻ってきた。

「なんてタイミング……」

思わず美織は隣を見て呟《つぶや》いてしまったのだが、運転席からも同意の声が返ってきた。

「よくあることです……獣医に行きますね」

入れ替わりで道前邸の住人となった黒猫は、とにかくやんちゃだった。美織が猫部屋に行くと、姿が見えない。あちこち物を避けながら探し回っていると、突然飛び出してきて、美織の身体をよじ登る。

キャットフードをあげれば、撒《ま》き散らすほうが多いのではないかと思うくらいに勢いがいい。じゃれつくのも激しくて、美織の手足は引っかき傷だらけになった。

しかし道前に世話を任され、よくやってくれていると褒められると、頑張ろうという気になってしまう。

その日、美織は日が高いうちからおでんを煮込み始めた。

『リュウがコンビニのおでんを買ってきたんだが、あいつ大根をふたつしか入れてこなかった』

数日前に道前がそう言っていたので、大根を多めに用意した。量が減ってしまう気がして、これまではやらなかった面取りもしてみた。

最終的に味を見て火を止め、時間を確かめる。

今日は来るかな……。

道前が来るとすればそろそろだろうと思いながら、はっとしてキッチンを出た。おでんに集中してしまい、仔猫の食事を忘れていたのだ。

「ごめんね、クロちゃん！　お腹減ったで――」

廊下を進みながら声をかけた美織は、猫部屋のドアが開いているのを見てぎょっとした。

数時間前に出入りしたが、ドアは閉めたはずだ。それともきちんと閉まっていなかったのだろうか。たしか、下茹で中の大根が吹きこぼれないかと気にしていた。

まずは猫部屋の中をくまなく探し、姿がないとわかると家の中を順に見て回った。

「クロちゃん？　どこ？」

なにしろ大きさに見合わないやんちゃ猫なので、二階も全部屋確かめてみた。どこもドアが閉じていたから、さすがに入ってはいないだろう。

もう一度階下を探し、リビングのカーテンを捲《めく》った美織は、掃き出し窓の網戸が小さく裂けているのに気づいて息を呑《の》んだ。

うっそ……まさかあの子が破ったの⁉

おでんの匂いがこもるのが気になって、換気のために少しだけリビングの窓を開けていたのだ。猫が網戸を破るなんて想像もしていなかったし、そもそも猫部屋から出さないようにしていたから、まったく思い当たらなかった。

どうしよう……外に出ちゃった……？

道前邸の敷地を囲む塀は見上げるほどに高く、またセキュリティ面から隙間もない。それこそ仔猫一匹這《は》い出るのも無理だと思われた。

だとすれば、庭を探検中だろうか。それでも美織は心臓が縮み上がる思いだった。

テラスに降りて、庭灯にぼんやりと木々の影が浮かぶ庭を見回す。洋風に仕立てられた庭だが、野趣が強めというか、植物が多くて見通しはあまりよくない。

「……クロちゃん？」

美織の呼びかけに、しばらくしてかすかな鳴き声が返ってきた。

いた……！

逸《はや》る心を抑えて、仔猫が逃げないように慎重に足を運んだ。どこから声が聞こえたのか、はっきりしなかったせいもある。

茂みの下を覗き込み、蔓《つる》バラに袖を引っかけながら歩き回っていると、ふいに足首に柔《やわ》らかく温かな感触が押しつけられた。

「クロちゃん！」

美織は軽く小さな仔猫を抱き上げ、頬擦りをした。草と土の匂いがして、連れ戻せたことを改めて感じ、心の底から安堵《あんど》する。もっとも仔猫のほうは美織のハグを嫌がり、遠慮なしに泥だらけの前肢を顔に押しつけてきたけれど。

「ごめんね、うっかりして。でもクロちゃんも勝手に――」

そのとき、室内から大きな物音が響いて、美織は顔を上げた。

なっ、なに⁉

真っ先に頭に浮かんだのは、道前がやってきたのだろうかということだったが、すぐにその考えを打ち消した。道前があんなに騒がしくするはずがない。

では、不審者が侵入したのだろうか。しかしセキュリティは万全で、無理にこじ開けたりしたら警告アラームが作動するようになっている。

リビングの窓だけじゃなくて、玄関も開けたままだったとか……？

居候《いそうろう》させてもらっている身なので、家を傷めないようにするのはもちろんのこと、防犯も怠《おこた》らないようにしてきたつもりだが、仔猫にまんまと脱走されたばかりなので、我ながら信用がおけない。

階段を駆け上がったらしい音とともに、二階の窓に次々と明かりが灯《とも》った。その中のひとつに人影が映って、美織は仔猫を抱いたまま震《ふる》え上がった。

どうしたら……スマホも家の中だし……。

ちょうどそのときに、美織のスマートフォンの呼び出し音が鳴った。以前のものは解約して、新たに買い与えられたので、かけてくるのは道前かリュウくらいだ。持っていたら、助けを求めることもできたのに。

呼び出し音はすぐに止まって、リビングのレースのカーテン越しに人影が見えた。反射的に木陰に身を潜《ひそ》めた美織は、そのシルエットに目を瞠《みは》った。

え……？　道前さん……？

影は開いたままの掃き出し窓に近づいて、レースのカーテンを一気に開け放った。リビングの明かりを背に受けた影は、間違いなく道前のものだった。確信した美織は、仔猫を抱いたままテラスに向かった。

「こんばんは、お疲れさまです」

道前は目を見開き、靴下のままテラスに駆け下りてきた。美織と向き合っても、驚きの表情のままだ。

「……あの、すみません。クロちゃんがいつの間にか外に出てしまって……でも庭にいてくれたから、捕まえられました」

道前は一瞬だけ視線を仔猫に移すと、美織を強く抱きしめた。腕の中の仔猫が非難の声を上げる。

「……道前、さん……？」

仔猫を抱いた美織の手が、ちょうど道前の胸のあたりに押しつけられていて、そこから道前の速い鼓動が伝わってきた。

「姿が見えなくて慌てた。逃げたのかと――」

「えっ、私が……ですか？　いえ、猫が……」

美織の言葉に猫の鳴き声が重なり、道前は深く息を洩らした。

「とにかく中に入れ。まずはそいつを部屋に戻そう」

仔猫を猫部屋に入れてキャットフードをあげてから、美織はリビングに戻った。

道前は他に脱走経路がないかどうか家の中を見て回っていて、最後に破れた網戸を確認し

ていた。

「念のため、網戸を全部張り替える。爪で引っかいても破れないのがあるそうだ。それまでここは開けないほうがいいな」

そう言ってサッシを閉め、戸締まりをした。

美織は改めて頭を下げる。

「すみませんでした、ちゃんと世話ができなくて……せっかく助けてあげた猫ちゃんなのに……驚かれたでしょう」

おそらく玄関に入った道前は、真っ先に猫部屋のドアが開いているのを目にして、仔猫を探し回ったのだろう。大きな物音は、それだけ道前が血相を変えていたという証拠だ。

目の前に立った道前は、美織を見下ろしているようだがなにも言わない。沈黙は不機嫌ゆえだろうかと恐る恐る顔を上げた瞬間、美織はまたしても道前に抱き竦められた。

「……あの――」

「驚いたし、心配もした。しかしそれは猫にじゃない。おまえに対してだ」

そういえば先ほども美織がいなくなったかと思った、というようなことを言っていたが、聞き間違いではなかったのか。仔猫ではなく美織がいないと思って、道前は焦《あせ》っていた――

――？

「私……逃げたりしません。こんなにお世話になっているのに、黙っていなくなるなんてできるわけありません」

道前のスーツからは、きりりとして奥深いトワレの香りがした。その香りはこれまでにもときおり感じることがあったけれど、今まででいちばんはっきりと香った。それと、かすかに汗の匂いがする。

「自分の意思じゃなくても、連れ去られる可能性だってあるだろう。そんなことは絶対させないつもりだが――いや、やっぱり逃げられるほうがずっと怖い……」

思いがけず道前らしくもない「怖い」という言葉を耳にして、美織は抱きしめられている戸惑いも消えかけた。

そんなに……心配してくれたの？

庭で美織を見つけて見開かれた目や、履き物も使わずにテラスに飛び出してきた姿、強く抱きしめてきた腕、深く吐き出された息――全部、美織を見つけた安堵からだったのか。

美織はおずおずと広い背中に両手を回した。衣服越しにも硬い筋肉が、さらに引きしまった。

もう限界かもしれないという父との生活から、強引に連れ出してくれたのが道前だった。素直に感謝するには多大な損害を与えてしまい、またそれに対してなにも返せそうになくて途方に暮れて、道前の意向にはなんとしても応えたいとも思っていた。嫁という言葉を使って美織を自由にするのも、当然の権利だと納得した。

しかし実際にはその後、手を出されることもなく、むしろ穏やかと言ってもいい時間が過ぎていった。その中で、ヤクザの若頭というだけではなく、道前倫太郎というひとりの男性について、少しずつ知った。

猫に好かれて、本人も猫に対して愛情深く、しかし一時の保護者を自認して、過剰に関わらない。もしかしたら、あえてセーブしているのではないかとも思う。

舌は肥えているはずなのに、美織が作る質素な家庭料理を、たぶんお世辞ではなく好んで食べてくれる。

そんな道前に対して、遠慮がちに魅力を覚え、もっと彼のことを知りたいと控えめに希望を抱き始めていた。自分なんかが道前に関心を持っていいのだろうかと躊躇いながら。なぜなら美織自身もまた、道前に拾われた猫のようなものだと思っていたからだ。

それが今、道前のほうから意外なほど強い感情を突きつけられて、美織の心は激しく揺れ動いた。戸惑いもあるけれど、それ以上に嬉しい。心配をかけてしまったのを申しわけなく思いながらも、心配してくれたのが嬉しい。抱きしめてくれるのが――嬉しい。

「ごめんなさい――」

美織は道前の胸に額を押しつけた。

「心配かけてしまって、ごめんなさい。でも、ありがとうございます。嬉しいです」

片手がゆっくり背中から移動して、美織の頰を包んだ。わずかな力に促されて、美織は顔を上げた。じっと見下ろす道前と視線が合う。

「そんなふうに殊勝にすると、調子に乗るぞ」

どういう意味だろうと思っていると、指先が顎にかかった。身を屈《かが》めるようにして顔が近づき、唇が触れた。

「――――っ……」

二度目のキスは静かに始まり、少しずつ深く激しくなっていった。唇を押し包まれて吸われ、離れてふっと息をついた次の瞬間に舌を迎えさせられ――――口腔《こうこう》をくまなく探られた。

徐々に自分が今、道前とキスをしているのだと実感して、その事実と、初めて他人とこんなに深く触れ合う肉体的な刺激に、身体から力が抜けていく。

美織の膝が震えているのに気づいたらしく、道前はふいに唇を離すと、美織を抱き上げた。

「きゃっ……、ど、道前さん⁉」

視線の位置が逆転して思わず顔を逸《そ》らし、弾みで腕から落ちそうになり、美織は道前の首にしがみついた。

「そのましがみついていろ。どうしても嫌なら、転げ落ちる覚悟で逃げるんだな」

なにを言っているのだろう。だいたい逃げられないくらいしっかりと抱きしめられているのに。

「……逃げるなんて」

そう、その前に、美織はまったくそんなつもりはない。先ほどテラスで抱き竦められたときも、今も、驚きはあったけれど、それ以上に嬉しくもあり、力強さと温かさに安堵していた。ずっと探し求めていたものを、見つけたような気もした。

美織の答えに、道前はリビングを横切って階段を上った。向かったのは美織の部屋ではなく、道前の寝室だった。

掃除で入ったことはあるが、長居をしてはいけない気がして、いつも短時間で作業を済ませていた。グレーでカラーが統一されたシックな部屋だ。

美織がメイクしたベッドに下ろされ、さすがに戸惑いを隠し切れずに道前を見上げる。

「……あの――」

「逃げないんだろう?」

そう言われてしまうと、否定もできない。積極的に求めているわけではないけれど、拒絶するつもりはまったくなかった。

道前は立ったままスーツの上着とネクタイを取り去り、ワイシャツのボタンをひとつふたつ外しながら、美織の上に重なってきた。

キスが再開する。そちらに意識が向いた美織だったが、身体を這《は》う手の感触に気づいて息を呑んだ。

「初めてか?」

唇を離れ、耳朶《じだ》に触れながら囁《ささや》かれた。

「……はい……」

「乱暴はしない」

美織が身に着けていたのは、長袖のカットソーと柔らかな生地のワイドパンツで、道前の手は撫《な》でるように衣服の上から身体をなぞった。

「あっ……」

胸をまさぐられて、思わず声が洩《も》れる。

「このくらいで騒ぐな。なにもできなくなる」

それは嫌だと、とっさに思った。やめないでほしい。道前に求められて、ようやく美織はここにいても許される理由が見つかった気がしているのだ。

いや、ここでの暮らしに執着しているわけではない。自分には不相応すぎて困惑するくらいだ。でも、道前のそばにいられる。

好きなのかどうかはわからないけれど、今の美織には誰よりも頼もしく、安心できる存在だった。枝を広げ、雨風から守ってくれる大樹のように。

首筋を唇が這い、吹きかけられる吐息と舌の熱さに、美織の体温も上がっていく。身体の中にも熱がこもるような気がして、喘《あえ》ぐように息を吐いた。そのタイミングでカットソーを捲り上げられ、ブラジャーのホックが外された。

……み、見られてる……。

スレンダーと言えば聞こえがいいが、メリハリに乏《とぼ》しい身体だ。こんなふうな仰向《あおむ》けの状態だと、胸の膨らみも半減で、道前の興味を削《そ》ぐのではないか。

「隠すな」

思わずかざした手を、身体の両脇でシーツに縫い留められた。

「貧弱で……恥ずかしくて……」

美織の言葉に、道前はくすりと笑った。

「身体の形で抱こうとしてるわけじゃない。おまえだから抱きたい」

今度は直接胸の奥が熱くなった気がした。この状況だけでもいっぱいいっぱいなのに、これ以上美織の心を掻《か》き乱すようなことを言わないでほしい。

「それに大きさや形より、感度のほうが重要だろう」

道前は美織の胸元に顔を伏せたかと思うと、先端を舐《な》め上げた。

「あ、あっ……」

初めての感覚に、美織は仰《の》け反《ぞ》った。舌で濡らされた乳頭がきゅうっと尖る。それを口に含まれて吸い上げられ、次々と襲い来る鮮烈な刺激に、美織は跳ねるように身を震わせた。

さすがに行為のなんたるかを知らないわけではないが、実際の体験は伝聞や想像を軽く超えていて、最後までできるのだろうかと不安になってくる。いや、美織に拒むつもりはないけれど、こんな自分で道前が興覚めしないだろうかと、それが気がかりだ。

反対の乳房を捏《こ》ねるように揉まれ、指先で乳首を転がされ、抑えようもなく声が洩れる。自分はこんなに過敏だっただろうか。時間に追われるような生活で、入浴なども慌ただしく済ませるばかりで、乳房を気にしたこともなかったのに。

……道前さんだから？　道前さんが私を欲しがってくれてるから……？

そうなら、こうしているのは美織にとって、願ってもないことなのではないだろうか。

道前と出会わなければ、そして彼が救いの手を差し伸べてくれなかったら、きっと今ごろ美織は、己の身体を使って稼ぐ生活をしていただろう。いや、その前に、井《い》の中組《なかぐみ》のような男たちに弄《もてあそ》ばれていたに違いない。

そんな目に遭《あ》うこともなく、道前によって女にされようとしている。理由はどうでも、求められることが嬉しい。

気づけばワイドパンツの裾《すそ》がたくし上げられて、中に忍び込んできた道前の手が、下着にまで届いていた。ショーツの上から秘所を撫でられ、美織ははっとしたが、重なっている道前の身体に絶妙の力加減で押さえつけられて動けない。

ゆっくりと撫で擦る指の感触に、意識が奪われる。そこが痺《しび》れたようにぼうっとなって、いつしか刺激がもの足りなくなる。

ふいに指が下着を潜り、直に触れられたと感じたのもつかの間、ぬるぬるとした感覚に美織は混乱に陥った。

「やっ……」

とっさに反転するように身体を丸めた。恥ずかしくて消え入りたい。

「どうした、急に。痛かったか?」

道前の声に非難の色はなく、背中から包むように抱きしめてきた。項《うなじ》にキスをされ、ほんの少しだけ落ち着くけれど、恥ずかしさは消えず、かぶりを振るのがせいぜいだった。

「じゃあ続けるぞ」

どうして道前はそんなに平然としていられるのだろうと思い、それも後ろから乳房に回った手の動きにたちまち掻き消される。しかしもう一方の手がウエストから衣服の中に忍び込んでくると、美織は上から押さえつけてしまう。

「嫌か?」

道前の動きが止まって、美織はほっとするよりも不安に駆られた。ここでやめられてしまうだろうか。それは美織の本意ではない。道前の意向に添えないなんて、美織が存在する意味がない。

それに……嫌じゃない。したくないんじゃなくて……。

「……恥ずかしくて……こんな……」

道前の指が動き出し、美織の秘所をなぞった。先ほどよりもさらに潤っているように感じて、美織は唇を噛みしめる。

「濡れるのは、俺を受け入れようって気持ちがあるからだろう。べつに恥ずかしいことじゃないし、それで好きものだなんて思わない。恥ずかしがるのは可愛いと思うけどな」

道前は美織を揶揄《からか》うことも辱《はずかし》めることもなく、美織が嫌がっていないとわかっているとまで言ってくれて、安心させてくれた。しかし——。

「まあ、恥ずかしがるより、感じて悦《よろこ》んでくれたほうがなおいい」

そう言って指を巧みに動かし、美織に声を上げさせた。そこへの愛撫《あいぶ》は胸よりもよほど鮮烈で、美織は否応なく昂《たかぶ》らされていく。ことに秘蕾《ひらい》を捉えて振動を送られると、はしたないほどに腰が揺れてしまう。それがさらに刺激となって、美織は高みに押し上げられた。

「あっ、あっ……」

びくびくと震える美織の頬に、道前は背後から褒美のようなキスをした。他人の手で絶頂を迎えたことに、愉悦に浸《ひた》りながら呆然としている美織から、道前の手で衣服が取り去られた。

道前もワイシャツを脱いだようで、背中に人肌の温もりを感じ、ときめくような高揚感が美織を包む。もはや自分が全裸であることの戸惑いも薄れていた。さすがに道前と面と向き合うのは躊躇われて、背中を向けたまま俯いていると、道前の手が太腿の間に潜り込んできた。

「あっ……」

たっぷりと蜜を湛《たた》えたそこを、指が掻き回す。横臥《おうが》の体勢で上になっている脚を抱えられ、道前の指はさらに自由に動き回った。

指が差し入れられた感覚に、美織は息を詰める。指一本でも圧迫感があって引きつるようだと感じたのに、探るように中を行き来されるうちに、不思議なほど馴染んできた。

「……んっ、あ……」

ときおりむず痒《がゆ》いような心地よさが過《よぎ》って、ため息交じりの声が洩れる。首筋や肩に触れてくる道前の唇や、乳房への愛撫も相まって、緩やかな快感が全身に広がっていた。

乱暴にはしない、と言ったとおり、道前は優しい。経験のない美織が言えることではないけれど、かなり優しいはずだ。

ひと回り以上も年上だというおとなの余裕だろうか。おとなだからこそ、美織が相手で愉しめるのだろうかと気になる。手間ばかりかかって、道前自身はつまらないのではないだろうか。

ふだんはきっと似合いの色っぽく肉感的な女性を相手にしているのだろうと思ったら、胸がざわついた。せめて今は、美織だけに意識を向けていてほしい。

どうしたら――。

一点を掠《かす》めた指に、美織はびくりとして腰を揺らした。道前の指を食い締めたようにも思う。戸惑っている間に指が引き抜かれ、美織は仰向けにされた。道前が覆いかぶさってきて、美織の太腿の間に腰を進めてくる。

いよいよ、なの……？

無意識に強張った頰を、大きな手のひらが撫でた。

「よくしてやる」

なんて自信家なのかと、呆れることはなった。むしろ道前ならそのとおりにしてくれるのだろうと思った。そもそも美織のことより、道前に満足してほしい。いや、満足なんておこがましい。少しでも愉しんでくれれば本望だ。

そうなれば、美織はなにより嬉しい。

美織はそっと両手を道前の肩に回した。

「してください……」

道前はわずかに目を瞠った後で、口端を上げた。

「任せろ」

キスをされて、それに意識が向いているうちに、下肢に強い圧迫感があった。痛みはそれほどでもないけれど、驚くほど押し開かれていく感覚に、美織は道前にすがりついた。じわじわと侵略されていき、最後に腰を抱え上げられて、だめ押しのように貫かれた。

「……っあ……」

　自分の鼓動とは別の脈動が下肢から響いてくることが不思議にも思え、また結ばれた証のようにも感じた。

　道前らしくもないため息が聞こえて、美織は視線を上げる。そしてどきりとした。悩ましげに眉を寄せた顔が、見入ってしまうほど色っぽい。イケメンなのは知っていたけれど、男性に対して色気を感じたのは初めてだ。

　道前と目が合う。

「なんだ？」

「……いえ――」

　かぶりを振った瞬間、道前が目を眇《すが》めた。

「そんなに締めるな……暴走する」

「は……？　え？　えっ⁉」

　なにを言われたのかわかったとたん、美織は赤面して身じろいだ。

「そんなっ……」

　しっ、締めつけたって、そういうこと⁉　そんなこと言われても、やろうと思ってしたわけじゃないし――ああ、はしたないって思われた？　ほんとは慣れてるんだろう、とか？　誤解だ！

　焦る美織の腰を抱き直した道前は、首筋に唇を押し当てた。

「ダメージもなさそうで元気だな。安心した」

「いえ、あの……さっきのことは、意図してではなくて――ひゃっ……」

中で道前が動いて、美織は話も途中に色気のない声を上げた。

「ん？　ああ、締めたってやつか。べつになにも勘ぐってない。正真正銘《しょうしんしょうめい》の真っ新で、自覚もなしにしてるのもわかる。今もそうだしな」

「ええっ、今も？　あっ……」

絶え間なく動かれて、鈍痛が疼痛《とうつう》に変わってきた。いや、痛みはなく疼《うず》きだろうか。もっとつらい目に遭うと思っていたのに、全然違った。

道前が丁寧に扱《あつか》ってくれることが、多分に影響しているのかもしれない。ひどくされないという安心感が、身体の緊張も取り去るのだろう。

それどころか……。

素肌を合わせて抱きしめられることが、ほっとするような、逆にドキドキするような、不思議な感じだった。もちろん嫌ではない。

道前の肌はなめらかだけれど、しっかりと硬い筋肉の隆起が伝わってきて、それにもときめくような魅力を感じた。無意識に広い背中を指で辿《たど》っていた美織は、ふいに大きくなった動きに戸惑う。

「あっ、ん……」

自分の中から抜けていくかと思った塊《かたまり》が、再び押し入ってくる。繰り返される動きに合わせて、下肢から湿った音が響く。

道前が入ってきたときは大きすぎると思ったのに、それがスムーズに動いているのも、自分がひどく濡れているからだと突きつけられるようで恥ずかしい。

でも……受け入れようとする気持ちがあるからだって、言ってた……。

少なくとも道前は気にしていなかったし、むしろ肯定していた。それに美織も、自分の身体が道前を歓迎しているなら嬉しい。

ふと震えが走るような刺激を受けて、美織は道前にすがりついた。

「あっ、あっ、なに……？」

戸惑う身体に、いっそう強い律動が刻まれる。慣れない美織にも、それが紛れもない官能だと理解できた。どこをどうされたのかは、さっぱりわからなかったけれど。

「ここが好きだろう？」

「ん、あっ……」

ここなんて言われてもわからない。美織はかぶりを振った。

「やめるか？」

揶揄うような声音に、はっと目を上げた。道前の顔を見た瞬間、鼓動が跳ねる。先ほどよりもっと色気が増した表情に、道前も感じてくれているのではないかと思ったのだ。そう

なら、自分のことよりずっと嬉しい。

「やめないで……続けてください――あっ……？」

道前のものが強く脈打ち、大きくなったような気がした。

「まったく……俺の理性を飛ばす気か。覚悟しろよ」

ずいぶんと手加減されていたのだと、美織は知ることになった。身長差は二十センチ以上あるし、体重だって三十キロ近く違うだろう道前に、なすすべもなく思うまま揺さぶられた。しかし頬や首を這う唇や、乳房や秘蕾を弄ぶ指は変わらず優しく、ときに少し意地が悪く、美織を甘く攻めた。

道前のもので何度も擦られて痺れたようになった媚肉が勝手に戦慄《わなな》いて、奥底から悦びが這い上がってくる。そこを道前に突き上げられ、美織はそのまま宙に浮き上がるような感覚に襲われた。

「ああっ……」

とっさにしがみついた美織を、道前がしっかりと抱きしめてくれた。道前を包んだ肉がうねるように痙攣《けいれん》して止まらない。徐々に収まっていくころには、怒張の逞《たくま》しい脈動が鮮やかなほどに伝わってきて、その響きが静まりかけた熱を煽《あお》るようだった。

「誉め言葉だと前置きして言うぞ。素直で感じやすくていい身体だ」

おまえに似合いだな、と道前は美織の唇を啄《ついば》んだ。

少なくとも及第点をもらえたと思っていいのだろうか。美織には自分のなにがよくてどこがまずかったのか、まったく判断がつかない。

そもそもなにもできなかったし……っていうか、私ばっかり一方的に――。

ふいに道前が動き出して、美織は思考を途切れさせた。熾火《おきび》があっという間に燃え上がったかのように、快感を送り込まれて身悶《みもだ》える。

「そろそろ本気で愉しませてもらう」

その言葉に、まだ終わっていなかったのだと美織は知った。自分が果てたことにかまけて、道前がどんな状態なのかをすっかり失念していたのだ。

それは完全に私の落ち度だけど、本気でってどういうこと？　今までのはそうじゃなかったの？

そんな胸の内での問いかけも瞬く間に追いやられ、美織は道前の手管《てくだ》に翻弄された。

◇

……予想外の事態だ。

傍《かたわ》らで眠る美織にちらりと視線を投げ、道前は深く息をついた。

あれから二度も美織を抱いてしまった。一度で済ませるつもりが、あまりにも美織の反応がよく、それ以上に悦びにむせぶ表情が可愛くて、止まらなかった。しかも少しでも長くそれを見ていたくて、処女を相手に酷なほど時間をかけた。

美織はふらふらと自分の部屋へ戻ろうとしたが、足元がおぼつかないのを見て、道前は強引に自分のベッドでこのまま休むようにと引き戻した。そんなわけには、とかなんとか言っていたが、軽く押さえつけて髪を撫でていると、ものの数分で眠りに落ちたようだ。

今はすやすやと寝息を立てている美織の髪をもう一度撫でて、道前はそっとベッドを離れた。

部屋続きの浴室でシャワーを浴びてから、ドレッシングコーナーの鏡に映る自分を眺める。

満腹のライオンみたいな顔しやがって……我ながら呆れるよ。

美織の心が決まるまで、待つつもりだった。実際、美織にもそう告げた。口にした以上は守るのが、男の矜持《きょうじ》というものだ。

それをあっさりと覆してしまい、美織も驚いただろうが、道前だって困惑している。それもこれも、家の中に美織の姿が見えなかったからだ。

逃げられたか、それともどこかの組織に連れ去られたか——思い当たったのはそのふたつで、道前は冷水を浴びせられたような心地を味わった後、無我夢中で家中を探し回った。つい先ほどまで在宅していた気配が感じられて、手がかりが残っていないかと必死だった。

美織の父が金をつまんだ店のうち、裏の組織があるところには、きっちりカタをつけてある。よほどのことがなければ、義道組がついている美織に手を出すことはない。しかしそう考えると、美織が自ら姿を消したことになり、道前にはそのほうがずっとショックだった。奪われたなら、なんとしてでも取り返す。しかし美織自身が逃げたがったのだとしたら——
——。

庭で仔猫を抱いた美織を見つけたときには、ほっとする以上に絶対に手放せないと思った。離したくない、ずっとそばに置きたい——なんという執着だろうと、片隅に追いやられた理性が呟きもしたが、とうてい抑止にはなりえなかった。

どんな女が相手でも、こんな気持ちになったことなんて、今までなかったじゃないか……どうしちまったんだ、俺は……。

手を離したら今度こそどこかへ消えてしまうのではないかと不安で、本当にそばにいるのだと実感したくて、抱いた。

恐れや脅えも感じられた。同時にそれ以上の寄り添おうとする気持ちや、応えようとする意志を感じ取ったのは、道前の思い上がりではないと思いたい。初々《ういうい》しい反応が可愛くて、必死にすがりついてくる身体が愛しくて——成り行きではない。憐《あわ》れみでもない。

アパートから連れ出した当初は、たしかに猫を拾ったのとそう変わらない感覚だった。保護したからにはそれなりの待遇をし、守ってやらなければならない、と。

しかし朝に夕に、道前の目には新鮮に映ることも多いその挙動を眺めるうちに、認識は変わっていった。緊張と遠慮でぎこちなかった美織が、次第に作り物でない笑みを見せてくれるようになると、もっとその笑顔が見たいと思うようになった。それを自分だけに向けてほしいと願い――美織を愛しているのだと気がついた。

部屋に戻った道前は、美織を起こさないようにベッドに潜り込んだ。ともすれば手を伸ばしたくなるのを、どうにか抑えつけて眺めるにとどめる。

己の気持ちは確信したものの、果たして美織はどう思っているのか。恋愛感情のないつきあいばかりしてきた道前は、初恋を自覚した少年のように戸惑っていた。自分がこんなふうに誰かを想って悩むなんて、想像もしていなかった。

嫌がられてはいない、だろう。しかし美織にとって道前は、崩壊寸前の生活からすくい上げてくれ、そのために大金を出した相手――つまり、逆らえないほどの恩があると考えているのが明らかだった。

気にすることはないと、何度となく伝えたつもりだが、倹《つま》しい暮らしながらも真面目に生きてきた美織には、無視できないのもわからなくはない。

だから道前は、これからも少しずつでもそれを解きほぐして、自分の気持ちを伝えていくつもりだった。

4

目を覚ました美織《みおり》は、いつもと部屋の様子が違うことに呆然《ぼうぜん》とした。

……そうだ、私――――。

はっとして身を起こし、全身が筋肉痛のようになっていることに狼狽《うろた》える。同時に昨夜の出来事が怒濤《どとう》のように蘇《よみがえ》って、あたふたとベッドを降りようとして、隣に道前《どうぜん》が寝ていることにとどめを刺された。

「――――っ……！」

かろうじて叫ぶのは止められたが、自分が全裸なのに気づいて、そのまま隠れるようにベッドのそばでしゃがみ込んだ。

……おちっ、落ち着け、私……とにかく、部屋を出て、服を着ないと……。

身を屈《かが》めてドアに向かう身体は軋《きし》むように痛んだけれど、それどころではない。どうにかドアを開けたところで、

「コーヒー淹《い》れておいてくれ」

声が聞こえて、美織は反射的に立ち上がった。

「はいっ！」

逃げるように部屋を飛び出して、自室に駆け込んだ。心臓が早鐘のように打っている。

……夢じゃない、よね……？

かつて感じたことがない身体の違和感と、全裸で道前のベッドにいたことからして、昨夜のあれやこれやは現実にあったことなのだ。つまり、道前とセックスをした――。

「……うわ、あ……」

真っ先に感じたのは、とてつもない恥ずかしさだ。貧相な身体を見せたことも、触られたことも、なんだかとても気持ちよくて、声を上げまくったことも、道前に思い切りすがりついてしまったことも。

「ああ、どうしよう……どうしよう……」

部屋の中をうろつき回るうちに、身体の奥から下りてきたものが内腿を濡らし、美織はぎょっとしてシャワールームに飛び込んだ。

身体を洗いながら、だめ押しのように事実を突きつけられた思いだった。

でも……すごく優しかった……。

恋愛で結ばれた関係ではないから、もっと即物的な行為になっても不思議ではないのに、道前は終始美織を気づかってくれていたように思う。返答に困るような問いかけや、我を失いそうになるほどの愛撫《あいぶ》を続けられたりはしたけれど、結果的に美織はそれでも昂《たかぶ》っていた気がする。

結論として、まったく悔やむことはなく、道前に対してマイナス感情もない。

でも……やっぱりすごく恥ずかしいっ……。

世の中の男女は初めて抱き合った後、どんな顔をしているのだろう。なにくわぬ顔で日常を過ごすなんて、美織にできるだろうか。

シャワールームから部屋に戻り、着るものに迷っていた美織は、思い出してはっとした。

そうだった！　コーヒー！

美織がどんな格好をするかより、どれだけ美味しいコーヒーを淹れられるかのほうがはるかに重要だ。道前に望まれたのはそれなのだから。

チェストの上に置いてある母の位牌に水を供えてから、手近にあったシャツとデニムを身に着け、濡れたままの髪をひとつにまとめて階下へ下り、キッチンでコーヒーメーカーをセットする。

あ、おでん……。

すっかり忘れていた。夕食も食べ損ねたわけで、どうりでいつもより空腹を感じる。しかし、朝からおでんというのはどうなのだろう。美織はなんでも美味しくいただけるというか、今朝はそのくらいガッツリ食べたい気分だが、道前はどうなのだろう。

っていうか……泊まったのって初めてじゃない？　いや、道前さんの家なんだけど……。またしても昨夜の光景が脳裏に広がりかけて、美織はかぶりを振った。そんなことより、朝食を出さなければならない相手は他にもいる。

美織は猫部屋のドアを開け、喚《わめ》くように空腹を訴《うった》える仔猫にキャットフードを与えた。

「クロちゃん、もう脱走なんてしないでよ。心配したんだから」

一心不乱にがっつく仔猫に話しかけて、美織はふと思った。道前も美織がいないと思って、ひどく焦《あせ》っていた。

やっぱり私も、道前さんにとってこの子と同じようなものなのかな……。

途方に暮れているところを拾われ、住む場所を与えられ——猫とまったく同じだ。優しさも、同じように与えられている。

道前と出会えてよかったと、改めて思った。

道前が階段を下りてくる足音に、美織は猫部屋を出てキッチンへ向かった。

「おっ……おはようございます」

「おはよう」

内心ドキドキの美織がようやく口を開いたのに比べて、道前はごく自然に挨拶《あいさつ》を返してダイニングの椅子に座った。タブレットを開いて、ニュース記事を読んでいるようだ。

コーヒーカップをテーブルに置いた美織は、しげしげと見入ってしまう。なぜなら、これまで見てきた道前と違うのだ。

髪は洗って乾かしたままという具合だし、もちろんスーツではなく、Tシャツにルームパンツという格好だ。まさに起き抜けという感じで、こんな姿が見られるのも一緒に朝を迎えたからだと思うと、嬉しいような恥ずかしいような擽《くすぐ》ったい気持ちになる。

ふと道前が目を上げ、視線が合った。

「髪を乾かさないと、風邪をひくぞ。それに薄着じゃないか？」

「平気です。道前さんこそTシャツじゃないですか」

「俺は暑がりだからな」

ふつうに会話が始まって、美織は内心ほっとしながら、自分のカップを手に向かい側に座った。

……あ、美味しく淹れられたかも。

「体調は？」

いきなり訊《き》かれて、熱いコーヒーが喉を流れ落ちていくのを、美織は身を丸めるようにして耐えてから、どうにか答える。

「……大丈夫です。お気づかいなく……」

「そう言うな。無理をさせた自覚はある」

いや、そういうことを言われるほうが困るんです。答えるのが無理なんです。

ちゃって」

「平気です！　若いので！　それよりおでん、召し上がりませんか？　昨日、いっぱい作っちゃって」

「どうせ俺はひと回り以上年上だ」

「あっ、そんなつもりじゃ――」

「もらおう、おでん。朝メシにしようか」

朝食の後、美織がキッチンで後片付けをしていると、道前が顔を覗《のぞ》かせた。

「少しゆっくりしたら、午後から事務所へ行くから一緒についてこい」

「あ、はい……」

意外な言葉に美織は内心首を傾げた。先日、美織が単身で義道組《ぎどうぐみ》を訪《おとず》れた際には、後から知った道前はあまりいい顔をしなかったのだ。

それが、どういう風の吹き回しだろう。着替えるようにも言われて、美織は道前が大量に用意してくれたワードローブの一枚に初めて袖を通した。

美織が自分のものを買ってもらうのを断った数日後、服だけでなく靴やバッグその他の小物まで、リュウが運んできたのだ。

着替えるように言われたからには、きちんとした格好のほうがいいのかと思って、シンプルなワインレッドのワンピースを選び、髪も丁寧にブローして、いつもよりも念入りなメイクもした。

美織の支度が整うと、道前はそれを見て頷《うなず》いた。

「似合ってる。色白だからどんな色でも合うな」

……ほ、褒められちゃった……ほんとにそう思ってる？

気恥ずかしくて俯いていると、道前も着替えに向かったので、慌《あわ》てて後を追った。

家事や道前の身の回りの世話をすると決めていながら、着替えの手伝いはタイミングが合わなくてしたことがなかったのだ。

「お手伝いしま――」

道前の部屋に入った美織は、道前がTシャツを脱ぎ捨てる場面に出くわした。

うわっ……。

一瞬背を向けそうになったが、なにを今さらと思い返す。昨夜はあの身体にしがみついて、初めての悦《よろこ》びを嫌というほど味わったというのに。

美織は密かにかぶりを振って、改めて室内に足を踏み入れたが、激しく寝乱れたベッドが目に入ってますます狼狽えた。

道前はウォークインクローゼットで、服を選んでいる。そっと近くに立った美織は、否応なく目に入る広い背中を見つめた。

そういえば、刺青《いれずみ》がない……。

ヤクザ＝派手な柄入りというイメージがあったが、道前は背中も他のところにも刺青は入っていない。きれいな背中だと改めて見回した美織は、ぎょっとして目を剝《む》き、喉奥で声を洩《も》らした。

「どうした？」

道前がハンガーにかかったスーツを手に振り返る。

「……も、申しわけありません……背中に……引っかき傷を……」

無我夢中でまったく記憶にないのだが、犯人は美織で間違いない。まだ生々しい赤い線が、肩甲骨《けんこうこつ》の上を数本走っていた。

「ああ、気にするな。おまえも愉しめた証拠と受け取っておく」

……そういうふうに言わないでほしい……。

事実だけれど、どう答えたらいいのかわからない。ベッドの上での行為と日常が、まだうまく切り離せない初心者なのだ。

「ついでに言っておくと、今隠れてる場所にも墨は入ってないぞ。今後も入れる気はない」

ひと言も言っていないのに心中を見透かされて、美織は驚いた。

「ど、どうして――――」

「ヤクザの背中をしげしげと見られたら、おおよそ察しがつく」

見てたのも気づかれてたのね……。

「失礼しました……」

「かまわん。俺も昨日は穴が空《あ》くほど見たからな」

だからそういうことを言わないで……。

赤面する美織に、道前はクリーニング袋に入ったままのワイシャツを手渡した。

「べつに刺青を否定しているわけじゃない。墨を入れることで、肝が据《す》わったり自信がついたりってのもあるだろう。俺の場合は、見える形にする必要を感じないってだけだ」

それって、自分の気持ちに自信があるってことかな？　強い人なんだ……。

心の強い人には憧《あこが》れる。美織が持ち合わせていないものだから。

美織は袋から出したワイシャツを開いて、道前に着せかけた。


迎えに来たリュウの車に乗り、美織と道前は義道組の事務所へ向かった。

いつものようにスーツに着替えた道前の隣で、しかしなんのために事務所へ行くのだろうと美織は首を傾げる。

「あの……なんの用で――あ、手土産とか必要じゃないですか？」

そう話しかけてみたが、道前はちらりとこちらを一瞥《いちべつ》しただけで、なにも答えなかった。

心なしか表情が硬いようにも見える。

なに？　どうしちゃったの？　さっきまでいい感じだったのに……私、なにかまずいことした？

じわじわと不安が込み上げてきて、美織は必死に考えを巡らせた。事務所に限らず、道前宅に来てから一緒にどこかへ行ったことはない。いや、べつに連れ立って出かけるような間柄ではないと言われたら、それまでなのだけれど。

あ、猫カフェに行ったっけ……。

思い出して、美織はぎくりとした。自分もまた、どこかへ移動させられるのではないか。美織の境遇は、道前に拾われた猫たちとよく似ている。道前が考えた末の猫カフェに送り出すというシステムは、猫たちにとっても悪くないものだと思うが、美織の場合はどうなるのだろう。いちばん可能性が高いのは、やはり水商売や風俗業だろうか。

そう考えてしまうと、道前が美織を抱いたのも、そんなところで働けるかどうかを自ら確認したのではないかと思えてきた。

そんな……。

もちろん恋愛の結果としての行為ではないと、美織だってわかっている。なにより美織は大金を使わせてしまっている。それを回収しないほど、道前はお人よしではないはずだ。

でも、嫁にするって……。

美織自身が現実的ではなくてありえないと思っていたその言葉に、今さらすがってしまう。

実際に結婚を望むような大それた気持ちはないけれど、これまでのように道前のそばにいたい――――。

しかし美織は口を出せる立場ではなかった。

覚えのある建物の前で車は停まり、美織は道前に続いて車外に出た。

うっ……。

十人近くの若い衆がずらりと戸口で待ちかまえていて、いっせいに野太い声を張り上げて頭を下げた。その中を、道前は平然と通り過ぎていく。美織は離されないようについて行くだけで精いっぱいだ。

前回はリュウと一緒だったたし、事務所にいた組員も少なかったし、なによりすぐに奥の屋敷へ向かってしまったので実感がなかったが、こうしているとやはり道前はヤクザの若頭なのだと思う。

「お疲れさまです。お茶でよろしいですか？」

事務所の中ですぐに近づいてきたのは、過日にアパートにやってきて美織を救ってくれた組員のひとりだった。ボストンバッグから札束を取り出し、父を連れていった優男だ。

父はちゃんと働いているだろうかと訊《たず》ねたかったけれど、美織のほうから話しかけられる状況ではない。道前には一度訊いてみたが、「任せているから具体的には知らん」という答えだった。

「いや、奥に行くからいい。後で改めて紹介するが、嫁の美織だ」

……は――――？

強面が八割といった組員の前を、会釈しつつ道前の後を歩いていた美織は、思わず足を止めた。

今、なんて……？

いや、嫁というワードは、これまでにも何度か出たことはある。今も車中で、美織はそれを思い返していたくらいだ。

しかし今ここで、組員に対して伝えることになんの意味があるのだろう。むしろ宣言するような真似は不適切にしか思えない。

「園井《そのい》と申します。ご案内します」

優男は美織に一礼して、先導に立った。

前回と同じドアから出て、数寄屋門《すきやもん》を潜《くぐ》る。この前はそのまま庭に入って縁側から上がったが、園井は玄関へ美織たちを導いた。

引き戸を入ると自然の形の石が敷き詰められた広いたたきで、無垢《むく》材の框《かまち》が差し込む陽光に白く照らされていた。廊下が真っ直ぐ奥へと延びている。

園井は美織と道前にスリッパを勧めると、「オヤジに伝えてきます」と先に立った。

「……あの、どういうことですか？」

ふたりきりになって、ようやく美織は囁《ささや》くような声で訊ねた。

床に上がって振り返った道前は、睥睨《へいげい》するように美織を見据《みす》えた。眼差しの鋭《するど》さに、一瞬怯《ひる》みそうになる。

「嫁になる覚悟が決まったから、おとなしく抱かれたんだろう。違うとは言わせない」

そう答えて促すように顎《あご》をしゃくったので、美織は呆然としながらも靴を脱いだ。

……本気なの？　言葉の綾じゃなくて、本当に私と結婚するつもりなの……？　だって私、なにも……迷惑しかかけてないのに……。

美織を妻にしても、道前にはなんの得もない。むしろ今まで以上に厄介《やっかい》ごとや面倒ごとが増えるだけだと、美織にも想像がつく。

たとえ一般家庭に嫁入りしたとしても、先方が満足するような躾《しつけ》や教育がなされているとは言えないと自覚している。それが独自のしきたりや作法を持つ極道の世界で、嫁という立場を務められるとはとても思えない。

じゃあ、断る……？

ふと浮かんだ思いを、美織は即座に打ち消した。役立たずだし、むしろ足手まといだし、道前のためにはまったくならない――そうわかっていても、美織は拒否することができなかった。

道前さんのそばにいたい……それが、それだけが望みだから……。

自分のことでこんなに強く願いを持ったのは、初めてかもしれない。なぜなのかと自問し、ふと答えに行き当たった。

道前さんのことが、好き……なんだ……。

身体を重ねたから、という理由ではない。最後のひと押しとなったかもしれないけれど、きっと初めて会ったときから、無意識のうちに気になって、ひとつ、またひとつと好ましく感じる部分を見つけ、集めていったのだと思う。

わかりやすくはないけれど、優しくしてくれている、大切にしてくれていると感じ、たまに見せてくれる微笑みに心が浮き立ち、身体だけでなく心まで包み込まれるような抱擁《ほうよう》に安心感と高揚を覚え――。

今はすべてにときめいて、なくしたくないと強く思う。

その道前が美織を妻にしてくれるというなら、断る理由なんてあるはずがない。精いっぱい道前に尽くし、極道の妻として必要なことも覚える。道前に恥をかかせるようなことはしない。

廊下を歩きながら道前の背中を見つめて、美織は初めて己の人生の道筋を自分で決めた。

「おお、お揃いだな」

床の間を背にして座っていた組長が、道前と美織を見て笑顔になった。先日は作務衣姿だった組長だが、今日は渋い色味の大島紬《おおしまつむぎ》に兵児帯《へこおび》を締めている。

座卓はなく、組長の向かいにふたつ並んだ座布団の手前に、美織は道前に倣《なら》って膝をつき、深々と頭を下げた。

「先日は突然お邪魔しまして――あ、今日もですね……」

「なんの。頻繁に顔を見せてくれるかと思っておったのに、あれきりでがっかりしていたところだ。変わりないか？」

気安く雑談に繋げてくれる組長に、ほんの少しだけ安堵《あんど》する。しかし本番はこれからだ。

道前が美織をここに連れてきたのは、組長に結婚を報告するためだろう。道前が匿《かくま》っている娘という認識ならともかく、大切な孫で次代の組長でもある道前の嫁ともなれば、期待して思い描いていたイメージがあって、それは美織とはほど遠いに違いない。

園井がそれぞれの前にお茶を置いて下がったところで、道前は口を開いた。

「美織と結婚する」

家長に対して結婚の報告や許しを得るにしては、ずいぶんとあっさりしていると、美織は思わず隣を見たのだが、対する組長の返事も簡潔なものだった。

「そうか」

組長は懐手をして頷いている。

それだけ？　それでいいの？　もっとこう――。

美織の素性や履歴だとか、家族についてとか、確認することはあるのではないか。どういう経緯で知り合って、美織自身は嫁ぐことをどう思っているのか、とか。

そう考えて、美織は道前のことをさほど知らないことに気づいた。三十四歳で、義道組の若頭で――――他は猫に好かれて、本人も猫に愛情深く、質素な家庭料理も好んで食べてくれて、口数は多くないけれど温かさを感じる。

麻布台《あざぶだい》の家で過ごすことがほとんどだったから、そこで一緒に過ごしているときの道前しか知らない。

でも……その道前さんを好きになった……。

決意はしたけれど、それ以前に極道としての道前を知らなさすぎて、それではだめだろうかと美織が膝の上で拳を握りしめたとき、組長の笑い声がした。

「案外時間がかかったな」

「えっ……？」

思わず美織が声を出すと、組長はおかしそうに頷いた。

「あんたを嫁にするつもりだと聞いたのは、先日会った前の晩だよ」

美織は驚いて目を瞠《みは》った。その夜に、美織は道前の自宅に連れてこられたのだ。たしかにそのときも嫁にするとは言われたが、美織はまったく信じていなかった。

かといって、いきなり見ず知らずの娘を自宅に住まわせるのを、どんなふうに説明したんだろうと思ってはいたけど……。

あのときすでに道前は、本気でそのつもりだったのだろうか。しかし、なぜ美織を――

―。

「まったく、我が孫にしては手際が悪い」

「そ、そんなことありません！　道前さんは――」

つい言い返してしまい、美織ははっとして俯《うつむ》く。

「……いえ、失礼しました……」

「庇《かば》われるとは、男冥利に尽きるな倫太郎《りんたろう》。うん、さすがは俺の孫だ」

機嫌よさそうに笑う組長よりも道前の反応が気になって、美織はそっと隣を窺《うかが》った。道前は澄ました顔でお茶を飲んでいる。簡潔な報告で、用事は済んだと言わんばかりだ。

「とにかくめでたい。それで、式はいつ挙げる？」

「いや、そんなものは――」

そう言いかけた道前に、組長は身を乗り出した。

「なにを言う。女子は花嫁衣装に憧れるものだ。なあ、そうだろう？」

後半の言葉は美織にかけられたが、美織は首を横に振った。全面的に道前に従うつもりだから、彼が不要だというならそれでいい。

それに結婚するのは事実でも、道前が美織を引き取ったときからそのつもりでいたというのは、間違っても恋愛感情からではない。美織に考えつくのは、やはり猫と同じなのではないかということだった。

　捨て猫を保護するように美織を引き取ったが、人間の娘を自宅に置いておくには対外的な理由がいる。様子を見るに、組長あたりは口うるさそうだ。それを免《まぬか》れるために、美織に嫁というポジションを与えようとしたのではないだろうか。

　道前が妻帯者なら愛人という形もあったのだろうけれど、嫁もいないうちに愛人なんて十年早い、結婚すればいいだろう、と組長なら言いそうな気もする。

　いずれにせよ妻でも愛人でも、永久的な関係というわけではなく、いつでも解除できる。だから道前は、とりあえず美織を嫁にすることにしたのではないだろうか。

　唯一誤算があったとすれば、美織が道前に恋をしてしまったことだ。しかし美織は道前を好きであると同時に、大きな恩義も感じている。全力で尽くしたいと思うほどに。そばにいるのを許される間は、道前のために生きていきたい。

「……なんと、欲のないことだな。俺は花嫁姿を見たいんだが……そんなふうに言う身内がそっちにもいないのか？」

　どうも組長は美織の背景を詳しく知らない気がして、返事に迷って道前を見た。

「父親は今、負債を抱えて返済のためにマグロ船に乗ってる」

　道前の説明に、父はちゃんと働いているのだと、美織はこっそり胸を撫《な》で下ろした。

　組長はそれで合点がいったとばかりに、緩く頷く。

「正直言って、真人間には戻れなさそうな親父だ。できれば縁を切ったほうがいいと思うが――」

そこで道前は美織に目を向けた。

「連絡を取りたいか？　電話くらいなら繋がる」

「……いいえ」

逡巡《しゅんじゅん》する間もなく、美織はかぶりを振った。父の行動を振り返れば、道前の見解はきっと正しい。道前の妻になるなら、父が枷《かせ》になるようなことは決してあってはならない。美織の家族はもう道前だ。

「母も亡くなっていますし、叔母がいますが、もう何年も音信不通で……」

「ふむ、そうか。なら、いずれ落ち着いたらということにしておくか」

明らかに残念そうにため息をついて腕組みを解いた組長は、襖《ふすま》の向こうに声をかけた。

「園井！　酒を持ってこい。それと屠蘇器《とそき》一式」

いったいなにが始まるのかと身構えていると、ほどなくして園井が指示されたものを運んできて、組長と美織たちの間に置いた。

塗りの膳に、急須のような形の銚子と重なった盃《さかずき》が載っている。正月に屠蘇を呑《の》む一式だ。

美織の家では、一度もそんなことはなかったけれど。

「夫婦固めの盃くらいはしておけ」

組長の言葉に、そういえばドラマなどの結婚式のシーンでも、これを見たことがあると思い出した。

……でも、どうすれば……。

戸惑う美織に気づいてか、組長は作法を説明してくれた。

「ちょっとくらい違ってもかまわん。そんなことを気にするより、心を込めるほうが重要だ」

気持ちならしっかりとある。美織に新しい世界をくれた道前に、ずっとついていきたい――。

心地いい緊張感と静謐の中で、美織は道前と誓いを交わした。終わって道前が少し微笑んでくれたのが、なによりも嬉しかった。

「さて、祝いだ。園井、事務所にいる若い衆に酒を振る舞え。いくら飲んでもかまわん」

はしゃいでいるような組長のそばで、園井は美しい姿勢で一礼した。

「このたびはおめでとうございます。末永くお幸せに」

「あ……ありがとうございます。今後ともよろしくお願いします」

園井は笑顔で急ぎ座敷を出ていったので、美織も腰を浮かしかけた。

「どこへ行く」

すかさず道前の声がかかって、美織は振り返る。

「お酒の用意をするんでしょう？　私もお手伝いしてきます」

すでに道前の妻となったのだから、宴会準備にも動くべきだろう。

「いい、任せておけ。飲めるとなったら、どいつも率先して動く。弾き飛ばされるぞ」

たしかにもたもたしていたら、かえって邪魔をしてしまいそうだ。

「そのとおり。それに、まずは改めて紹介してからだろう。後で連れていく。それより、ちょっとこっちへ来てくれんか」

組長は八十を過ぎているということだが、義道組をまとめるという立場からか、矍鑠《かくしゃく》として動きも機敏だ。今もすっくと立ち上がり、縁側に出る障子戸を開けると、美織を手招いた。

どうすればいいのかと道前に目を向けると、苦笑を浮かべて頷きを返してくる。

「つきあってやってくれ」

もちろん否《いな》はないが、組長がなにをしようとしているのか、道前は知っているのだろうか。

道前に背中を押されながら座敷を出て縁側廊下を進むと、先を歩いていた組長は奥まった障子戸を開けた。そこはこぢんまりとした座敷で、壁際に鏡台が置かれ、ガラスケースに入った市松人形が飾られていた。女性の部屋のようだ。

組長はふた棹《さお》並んだ桐箪笥《きりだんす》の抽斗《ひきだし》を開けると、畳紙を取り出して畳の上に置いた。美織を見上げて微笑む。

「もらってくれるか。女房の着物だ」

美織は驚いて、是非を問うように道前を振り返ったが、またしても頷きと笑みが返されて、おずおずと畳紙の前に座った。組長が紙を開くと、東雲《しののめ》色の地に花鳥が描かれた加賀《かが》友禅《ゆうぜん》の訪問着が現れた。ぼかしの美しさと柄の緻密さは、息を呑むばかりだ。

「お祖母さまの……ですよね？　そんな大切なもの、いただくわけには――」

「そう言うな。俺が子どものころから何度も聞かされてきた、言ってみれば祖父さんの夢みたいなものだ。そのつもりでいたから、季節ごとにずっと自分で虫干しもしてたようだし、四十年以上経ってるにしては状態もいい。それに、似合いそうだぞ」

「あっ、出さないでください！　着物なんてまともに触ったこともなくて……畳めません！」

隣に座った道前が美織の肩に着物を当てるのを見て、組長は満足げに頷いた。

「よく似合う。なあに、できなければ覚えればいいだけのことだ」

組長に教えてもらいながら着物を畳み、ありがたく譲り受ける約束をして、ひとまずは受け入れ準備が整うまで、このまま預かってもらうことにした。

「ということは、成人式もしなかったのか？　ちょっと待て、かなり古いが振袖もいくつか――」

またしても着物を引っ張り出しそうな様子に、美織は慌てて組長に声をかけた。

「もうすてきなものをいただきましたから！　あ、それに振袖は独身女性用だそうですし――

――というか、本当に――」

「そろそろ飲み出したんじゃないか？」

道前が助け舟を出してくれて、どうにか座敷を後にした一行は事務所に向かった。

いくつもの一升瓶やウィスキーのボトルの他に、仕出し料理を届けさせたのか、船盛の刺身やてんぷらの盛り合わせなどが、テーブルに所狭しと並んでいた。早くも宴もたけなわの様相を呈し、組員たちも賑《にぎ》やかに飲んでいたが、組長が姿を見せると一瞬で居住まいを正した。

「あー、すでに聞き及んでいることと思うが、倫太郎が美織さんと祝言を挙げた」

「おめでとうございます！」

野太い声がいっせいに上がって、美織は思わず道前に身を寄せた。

「これで俺もひと安心というところだ。今後はいっそう組と若い夫婦を盛り立ててくれるよう、よろしく頼む」

「お願いしやっす！」

びくびくする美織の背中に、道前が手を回して口を開く。

「これまでどおりよろしく頼む」

短い挨拶の後、軽く背中を叩かれて、美織は深々と頭を下げた。

「ふ、不束者《ふつつかもの》ですが、よろしくお願いします！」

拍手が沸き起こり、目の前に年配の強面《こわもて》が立ち塞がった。顔を上げた美織は息を呑む。

「権藤《ごんどう》と申します。お見知りおきください。まずは一献《いっこん》」

猪口《ちょこ》を握らされ、そこに一升瓶からなみなみと酒が注がれた。

「権藤は代貸しだ」

組長が紹介してくれるが、美織にはその代貸しというのがなんなのか、さっぱりわからない。とりあえずヤクザの役職として、頭の中のノートに記しておく。

それより、私お酒弱いんだけど……でも、飲まなきゃ失礼だよね？

日本酒なんてほとんど飲んだことがないので、先ほどの三々九度ですらくらくらしそうだったのだ。順繰りにこの場の全員から杯を受けるとしたら、果たして最後までもつだろうか。

そのとき、傍《かたわ》らにいた道前が耳打ちした。

「口をつけるだけでいい。それから相手に酒を注いで」

美織が猪口に口をつけると、すかさず道前が取り上げて、残りを飲み干してくれた。残りというか、ほぼ全部だ。

同様に次から次へと繰り返され、最後にニコニコ顔のリュウが美織の前に立った。

「おめでとうございます。姐《あね》さんになってくださるんですね。嬉しいっす」

リュウの顔を見たらほっとしてしまって、美織は泣きそうになった。

「よろしくね……頼りにして――」

「あららっ、美織さん！」

背を向けて組員と話していた道前がすかさず振り返り、美織を抱き寄せると同時にリュウを睨《にら》んだ。

「なにもしてません……」

両手を上げるリュウに道前は小さく舌打ちすると、美織を抱いたまま室内を見回した。

「先に引けさせてもらうが、祝い酒だ、遠慮なく飲んでくれ」


園井の運転で、美織と道前は麻布台まで送ってもらった。そのつもりで園井が酒宴に加わっていなかったのだとしたら申しわけなくて、美織は車中で謝った。

「お気になさらずに。帰ったら浴びるほど飲ませてもらいます。それにタクシーなどを使われるよりも、組の者が送迎するほうが、我々も安心できますから」

それくらい信頼し合っているということなのだろう。しかしタクシーを使うのも躊躇《ちゅうちょ》するほど、身辺に危険があるということだろうか。

そんな……道前さんなんてほとんど出歩いてるのに。もしものことがあったら……。

なんにせよ、美織はこの世界を知らなさすぎる。覚えなければならないことが山積みだ。

しかし不思議と焦りはなかった。むしろ前向きに取り組もうという気になっている。先ほど組員たちと杯を交わす間も、そばに道前がいてくれたように、自分はひとりではなく、いつも手を差し伸べてくれる彼がいると感じられるからだろうか。

っていうか……。

美織はちらりと隣を盗み見た。道前はそ知らぬふりで窓の外に目を向けているけれど、先ほどからずっと美織の手を握っている。何度か離そうとしたのだが、そのたびに握り直されて、今は指まで絡んでいる。

酔っぱらってるのかな……？

問い質すのも、園井がいる手前ははばかられて、美織もまた知らないふりをしているうちに、車は道前邸の前で停まった。

「ここでいい。ご苦労だった」

道前は園井を降ろしてドアを開けさせる手間を省き、自ら車から降りて、美織の手を引いた。

車が走り出すのを待たずに、門扉《もんぴ》を開けて玄関へ向かう。

秋の日は短く、すでにとっぷりと暮れていたが、今日はまだ夕食の支度をしていない。時間をかけずに作れるものは、なにがあっただろう。常備菜はいくつか用意があるが、さすがにおでんはもう飽きてしまっただろう。

　そんなことを考えながら、道前に促されて先に玄関の中に入ると、美織は背中からきつく抱きしめられた。

「……道前……さん……？」

　返事の代わりに、施錠の音が響いた。道前は美織の顎に手をかけて、捻《ひね》るように仰向《あおむ》かせる。

「おまえももう道前だろう」

　厳密にはまだ入籍前だが、そんなことを言うのは野暮《やぼ》だし、なによりそう言われて美織はときめいた。本当にこの人の妻になれるのだ。

「でも……なんて呼んだらいいのか……」

「俺の名前を知らないのか？」

　唇が近づく。その吐息に唆されるように、美織は囁いた。

「……倫太郎……さ、ん――――んっ……」

　よくできたと褒めるようにキスをされる。柔らかく唇を包まれ、吸い上げられ、隙間から舌に侵入された。仰《の》け反《ぞ》るような体勢がよけいに息苦しくて、顎を取る道前の腕に美織は両手ですがった。

　無防備な身体を道前の手がまさぐる。着衣の上から乳房を揉《も》まれて、美織は身を捩《よじ》った。直に触れられているわけでもないのに、乳頭が硬く尖《とが》るのを感じた。まるで、ここに触れてくれと主張しているかのようだ。

ちりちりとした疼《うず》きが、身動きで下着と擦れるたびに大きくなっていく。たった一度のセックスで、美織は道前に抱かれる悦びを知ってしまった。それを身体が思い出して、美織を急かす。

しかし、囚《とら》われたのは性の悦びだけではない。むしろ行為の間に感じた道前の気づかいや甘さが、決して離さないというような強引さが、美織を魅了したのだ。

いずれにしても、すでに恋をしていると自覚しているのだから、道前に触れられて嫌なはずがない。しかし――。

「……こんな……ところで……」

唇が離れても喘ぎが収まらず、切れ切れに呟《つぶや》く美織のスカートの中に、道前の手が忍び込んできた。ストッキングとショーツ越しに秘所をなぞられ、美織はびくりとして腰を引く。

「嫌か？　そんなことはないよな？　濡れてる」

自分でも自覚があっただけに、恥ずかしさからかぶりを振ると、道前は指先に力を入れてストッキングを引き裂いた。そのままショーツに触れ、さらに足口から指を潜《もぐ》り込ませる。

「あっ……」

スリットをひと撫でした指は、あっさりとあわいに沈んで、密やかな水音を響かせた。たっぷりと潤ったそこを、指が掻《か》き乱す。ときおり先端の秘蕾《ひらい》を掠《かす》めて、美織は痺《しび》れるような快感に溺れそうになった。しかし高いヒールの足元が危うく、ふらつく。

玄関ドアのすぐ内側という非日常性と、立ったまま愛撫されるという緊張感が、逆に感覚を高めたのか、美織はすぐに達してしまった。そのまま膝が崩れそうになった美織を、道前はしっかりと抱き留め、向かい合ってからたたきに置かれたチェストに座らせた。ショーツとストッキングの残骸が足から抜き取られた拍子に、ハイヒールが乾いた音を響かせてたたきを跳ねた。

「え……？　ま、待って――――」

道前がスラックスの前を開くのを見て、美織は慌ててチェストから下りようとしたが、背中を壁に押しつけられ、脚を開かされた。

「これ以上待てない」

「ああっ……」

道前は腰を進め、美織の中に押し入った。昨夜もこれを受け入れ、悦びさえ感じたのに、今はまた息苦しいほどの圧迫感を覚える。

それでも美織の両腕は、道前の背中に伸びた。それ以外になにもできなかったし、そうしたかった。

挿入は性急だったが、道前は深くゆっくりと美織の官能を引き出すように動き始めた。

「あっ……どうぜ――――」

言い間違いを指摘するように唇を舐められて、美織は名前を呼び直す。本当に自分などが呼んでいいのだろうかと、躊躇いと喜びを感じながら。

「……倫太郎さん……あっ、ああっ……」

美織を抱きしめながらワンピースのファスナーを下ろした道前は、露《あらわ》になった乳房を押し上げるように揉みしだいた。喘《あえ》いで仰け反った美織の唇を塞ぎ、腰を抱き寄せて深く突き上げる。

「んっ、んぅ……」

勢いを増す動きに、頑丈なチェストが軋みを上げた。身体の奥からうねるような波が押し寄せて、美織は抗《あらが》うすべもなく一気に呑み込まれた。

びくびくと震える身体を道前がきつく抱きしめ、やがて深く息をつく。時間が止まったかのように、しばらくそうしていたが、ゆっくりと身体を離していった。

「がっついたな。悪かった」

きまり悪そうな苦笑を浮かべる道前に、美織が両手で身体を隠すようにしながらかぶりを振ると、肩からスーツの上着で包まれる。チェストから抱き下ろされて、一階のバスルームへと運ばれた。

「……あの――」

「先に汗を流すといい」

道前はそう言ってドアを閉めたが、美織はしばらく立ち尽くしていた。

情熱的とも言える時間を過ごして、美織はまだその余韻に浸《ひた》っていたからか、道前の態度にずれを感じた。

放り出されたわけじゃないし、抱っこしてここまで連れてきてくれたけど……。

風呂を勧められたのも、おかしなことではない。気をつかってくれたと言える。

ただ昨夜は美織が音を上げるまで解放されなかったのを思うと、あっさり終わったような気がしたし、表情も意外だった。

そういえば、男の人はいくと冷静になるって聞いたことがあるな。賢者タイムとか……。

加えて玄関先でことに及んだことが、やはり気まずかったということだろうか。

美織も驚いて戸惑《とまど》いはしたけれど、そこまで求められたことのほうが嬉しかった。たとえ身体に対する関心だったとしても、かまわない。道前の求めに応じられる立場にいることが嬉しい。

奥さんになったんだもの。もっと気に入られたいし、それがずっと続くように、努力しなきゃ。

◇

泥棒でも入ったかのような玄関フロアの様相を眺めた道前は、ため息を洩らしながらしゃがみ込んで、美織のハイヒールをたたきの端に揃えた。脱ぎ落とされたショーツと破れたストッキングに至っては、泥棒どころか強姦魔の仕業《しわざ》のようだ。

どうしてこうなんだ……。

ショーツとストッキングを拾い上げて、スラックスのポケットに押し込みながら、自戒を込めて額を壁に押し当てる。

美織とふたりきりになると、どうにも抑えが利かなかった。晴れて夫婦となって、自宅に帰り着いたとなればなおさらだ。

できれば組員の祝福などそっちのけで、とっとと帰りたくて仕方がなかったのだ。ようやく自分のものにできたというのに、なにが楽しくてむさ苦しい男どもを相手に差しつ差されつするのを見ていなければならないのか。心が狭いと言われてもいい。本音を言えば誰にも見せたくない。

祖父さんにもかなり気に入られたみたいだったしな。リュウはもちろんのこと、あの外面がよくて中身は気難しい園井すら……。

美織の気立てがいいのはわかり切ったことで、それに気づいたら気に入られるのも当然のことだが、最初に目をつけたのは自分だと、子どもっぽい主張をしたくなる。

三十四だぞ、俺……。

車中で園井の目を盗んで美織の手を握っていただけでは飽き足らず、いや、握り続けていたからこそなのか、玄関のドアを閉じたとたん、限界突破だった。

もっと触れ合いたくて、瑞々しい素肌が恋しくて、控えめな悦びの声が聞きたくて――

――先刻の事態となった。

美織を座らせていたチェストのずれを戻した道前は、気づけば象眼《ぞうがん》細工が施された天板を撫で回していた。痕跡が残っているはずもないのに、これではまるで変態だと、引っ込めた手を見下ろす。

できればもっと抱いていたかった。抱き上げてそのまま二階の寝室へ行くことだってできたのに、バスルームへ送り届けたのは、美織にドン引きされていなかったかと気になったからだ。

とにかくやっちまったことは仕方がない。あとは話題にされたときにごまかすことだな。趣向を変えてみた、とか。いや、正直に我慢できなかったと白状したほうがいいのか？　それはそれで諸刃《もろは》の剣《つるぎ》というか……。

そんなことを考えながら廊下を歩いていると、バスルームのドアが勢いよく開いた。湯上がりの美織はバスタオルを巻きつけ、濡れた髪を肩に張りつかせて、目を見開いている。シャンプーの香りに鼻腔《びこう》を擽られて、思わず手を伸ばしそうになった道前を押しのけるようにして、美織は廊下に飛び出した。

「美織どうした？」

玄関フロアで立ち尽くした美織は、振り返った。湯上がりのせいだけでなく頬が紅潮している。

「パ……下着、が……」

「……っ……」

道前は思わずスラックスのポケットに手をやった。

5

ゆっくりと朝食を済ませてから、迎えの車に乗って道前《どうぜん》と一緒に家を出るのが、美織《みおり》の日課となった。

芝《しば》の事務所に着くと、道前はその日によってフロント企業の視察や、系列組織への挨拶《あいさつ》回りなどに出かける。

その間、美織は奥の本邸で、組長と過ごすことが多かった。着付けを覚えたいという美織に、組長は昔馴染みだという三味線の師匠を紹介してくれ、週に二度ほど手ほどきをしてもらっている。

「今どきのお嬢さんには珍しく、和装がお似合いだこと」

それはメリハリに乏《とぼ》しい体型だということなのでは……。

しかしマイナス思考でいいことなどないので、誉め言葉として素直に受け取っておく。それにこうしてきちんと装った姿は、我ながら悪くないと思えるのだ。馬子《まご》にも衣装というのかもしれないけれど。

「駒七《こましち》、できたか？」

障子の向こうから組長の声がかかった。師匠は新橋《しんばし》の元芸妓《げいぎ》で、組長はそのころの源氏名で呼ぶ。

「はいはい、よろしいですよ」

障子戸を開けた組長は、美織を見て大仰《おおぎょう》に驚いてみせる。

「おお、これはいい！　よく似合っている」

もらった訪問着はあいにく裄丈《ゆきたけ》が合わなかったのだが、せめて一度くらいはと、今日の稽古で着てみたのだ。

「ありがとうございます。すてきな着物ですね」

「どこか行くか？　和服で銀ブラも乙なものだ」

「えっ……」

戸惑《とまど》う美織に、師匠が助け舟を出してくれる。

「あら、旦那さまを差し置いて。恨まれますよ。では組長、私と一緒にいかがです？」

「そうか！　ちょっと待ってくれ。今、運転手を呼ぶ」

組長を送り出してから、美織はゆっくりと着替えて、台所を借りて夕食のおかずを作った。帰宅してからでは道前を待たせてしまうので、組長にもつまんでもらえるように多めに作るようにしている。

半隠居状態といってもつきあいは多く、組長の食事は、週の半分以上は外食出そうだ。その分、家ではお茶漬け程度で済ませていると聞いた。

大小の土鍋に魚介と野菜を盛りつけて、別にダシスープを用意した。食べる前に注いで火にかければ、すぐに食べられる。

きんぴらごぼうを仕上げたところで、玄関が開いた。組長が戻ったのかと迎えに出ると、そこにいたのは道前だった。

「おかえりなさい。今日は早いですね」

最近ようやくさらっと言えるようになった。できれば麻布台《あざぶだい》の家でそう言って迎えたいのだけれど。

「すぐ出れるか？　寄りたいところがある」

「私も一緒にですか？　はい……」

向かったのは銀座で、もしかして組長と落ち合うのかと思ったが、車が停まったのは海外ブランドの宝飾店の前だった。

「指輪がまだだったろう」

「えっ……」

車を降りてからも歩道で立ち尽くす美織の肩を抱き、道前はさっそうとドアに向かう。とっさに思ったのは、ちゃんとした服でよかったということだった。

対外的にお披露目したわけではないけれど、義道組《ぎどうぐみ》若頭の妻となった自覚として、出かけるときには目的地が組事務所でも、道前から買い与えられた服で装うようにしている。今日はダスティピンクのブラウスとロングスカートのセットアップに、ショート丈のコートを羽織っている。

ドアマンが開いたドアから足を踏み入れると、店内は眩《まぶ》しいほどの輝きに溢《あふ》れていた。広さに比して、客の数は少なめだろうか。それぞれ熱心に見入っている。

「いらっしゃいませ」

慇懃《いんぎん》に近づいてきたスタッフに道前が名乗ると、ますます丁重に奥の個室へと案内された。

「ただいまお茶をお持ちいたします」

「いや、時間がないから品物を見せてくれ」

一礼して去っていくスタッフの姿が見えなくなると、美織は我知らず息をついた。

お茶が出てくるなんて知らなかったよ……たしかに高級なカフェみたいだけど。それよりも――。

美織はそっと隣を窺《うかが》った。

「あの……ほんとにここで買うんですか？」

今どきの女子としてはファッションやブランド品にかなり疎《うと》い自覚がある美織でも、この店の名前は知っている。芸能人やセレブに顧客が多いらしい。

「指輪は嫌いか?」

「いえ、そんなことはありませんけど……というか、つけたことがありませんけど……」

「それならよかった。もう注文済みだからな」

「ええっ!?」

こんな場所に通されては断りにくいと考えていたのだが、まさかもう買っていたとは。どうりでもてなされているはずだ。

いくらくらいしたんだろう……結婚指輪なら、そんなにびっくりするような値段じゃないよ、ね……?

急に室内の暖房が暑く感じられて、指先が汗ばんでしまう。そこで美織はふと思った。

「サイズ……」

「ちゃんと測った。寝てる間に」

澄ました顔でそう言われて、美織はまじまじと道前の横顔を見つめてしまった。

そういうことする人……? つまり、サプライズ的な?

「お待たせいたしました」

スタッフが重ねた箱を手に戻ってきた。

「こちらがオーダーいただいたマリッジリングでございます。ご確認くださいませ」

光沢のある布張りの箱の中に、ふたつの指輪が並んでいた。プラチナだろうか。シンプルなフォルムで、小さいほうの指輪にはダイヤモンドが埋め込まれている。

道前は無造作に自分の分をはめると、美織の手を取って薬指にリングを通した。

……ぴったり……。

「サイズはちょうどよろしいようでございますね。では、次にこちらを――」

次……？

安堵《あんど》してひとまず指輪を外そうとしていた美織は、別の箱をテーブルの中央に差し出されて、目を瞠《みは》った。そこには燦然《さんぜん》と輝く大粒のダイヤモンドがセッティングされた指輪が、複数並んでいたのだ。いわゆるエンゲージリングの体裁だ。

美織の目は、ダイヤモンドリング、道前、マリッジリングをはめた己の指先を行ったり来たりする。

……え？　指輪は今、これを買ってもらったよね……？

「好きなのを選ぶといい」

「……はっ⁉　これ……これですか⁉」

「不満か？」

美織は激しく首を振った。

「そそそういうことではなく！　だってこれ、エンゲージリングってやつでしょう？　婚約なんてもう――」

いや、そういうことが問題なんじゃなくて……ああ、どう言えばいいの？

動転する美織の隣で、道前は額に手を当てた。

「ああ、俺としたことがうっかりしていた。プロポーズをした段階で、さっさと贈るべきだったな。詫《わ》びにネックレスもつけるか？」

「いりません！　指輪もこれで充分です」

「そう言うな。今後人前に出ることを考えたら、必要なときもある」

「そんなこと――――」

ない、と言いかけた。慣れない高価なものを身に着けたら、それにばかり気を取られてしまう。しかし、ふと気づいた。

宝飾店スタッフがいたからぼかしたのかもしれないが、美織は義道組若頭の妻となったのだ。いずれ同伴で業界の集まりに出向くこともあるかもしれない。そのときにみすぼらしい格好をしていたら、道前に恥をかかせてしまう。

そうか……そうよね。私自身が地味なんだから、せいぜい着飾って下駄を履《は》かなきゃ、他の姐《あね》さんと比べて見劣りしちゃう。

自分ではなく道前のための買い物なのだと言い聞かせて指輪を吟味することにしたが、それでも生来の貧乏性から、いちばん小振りでシンプルなものを選んだ。

「では、これを……」

とたんにスタッフが顔を綻《ほころ》ばせた。

「さすがはお目が高い。いちばん自信を持ってお勧めするお品でございます」

えっ⁉　ってことは……もしかしていちばん高いの⁉

宝飾店を出たときには疲労困憊で、しかもすでに美織のサイズで用意してあったので、そのままラッピングした箱が入ったショッパーを手渡されて手の震《ふる》えが止まらなかった。この中にあの指輪が入っているかと思うと、通りを歩く人が皆狙っているような気がしてしまう。

「もう一軒行くぞ」

「今度はなんでしょう……」

「真珠も必須だと聞いたから、セットの白と黒を頼んでおいた。デザインがあるものではないから、品物を確認するだけだ。すぐに済む」

こともなげに言う道前の隣で、美織は目が回りそうだった。

その日はダイヤと真珠で終わったが、翌日以降もたびたび連れ出されて、ジュエリーの他に腕時計やオーダーメイドのコートやドレスなどを買い与えられた。ヤクザの嫁というよりも、超セレブ相手に玉の輿に乗ったような錯覚をしてしまう。

実際、道前家は富裕層なのだろう。なにしろ都心の一等地に、広大な敷地の大邸宅があるくらいだ。

ショッピング中の道前も、どこかの御曹司にしか見えない立ち居振る舞いで、美織は戸惑ったり気後れしたりする。道前にふさわしくなりたいと願う一方、こんな美織のどこを気に入って、妻にする気になったのかと疑問は深まるばかりだ。

やっぱり人間の女を拾ってしまった以上は責任を持って――ってことなのかな。仁義の世界に生きる人だもんね……。


黒い仔猫を猫カフェに移動して数日後、まるでタイミングを計ったかのように、道前は段ボール箱に入った三匹の仔猫を連れて帰ってきた。

かなり幼く目を離すのが心配で、美織は道前との出勤を取りやめ、自宅で世話をしながら帰宅を待つことにした。組長や組員たちと過ごすのも楽しいけれど、家事をする時間が足りないのが気になっていたので、今までの分を取り返すつもりでいる。

だって倫太郎《りんたろう》さんの妻なんだし、ちゃんと務めを果たさないと。

しかし掃除は定期的にプロの手が入るので、美織がすることといったら毎日の掃除機かけと拭き掃除程度だ。汚す人間もいないので、すぐに済んでしまう。猫部屋がいちばん手間取るくらいだ。

洗濯物も洗濯機に入れてしまえば乾燥まで自動で、あとは畳んでしまうだけだ。そもそも量が少ない。道前はワイシャツなどもクリーニングに出すので、アイロンをかけるものもほとんどなかった。張り合いがないので、リネン類を頻繁に取り換えている。

残るは料理で、俄然《がぜん》張り切ることになる。というか、ここで頑張らずしてどうするのかという話だ。

口が肥えているに違いない道前に満足してもらうのは、並大抵のことではないだろうけれど、美織はインターネットや料理本を駆使して、凝《こ》った料理にもチャレンジした。真剣さが功を奏したのか大きな失敗もなく、我ながら感心する出来栄えのものをテーブルに出すことができた。

道前も残さず食べてくれて、褒めてもくれたのだが、何日目かの食後に、「明日はうどんにしてくれ」と言われた。

「うどん……どういうのがいいですか?」

豪勢な具材の鍋焼きうどんだろうか。それとも稲庭うどんのように、それ自体が高級なものか。

しかし道前は怪訝《けげん》な顔をした。

「どういうって、前に出してくれただろう」

「えっ、でも……もっといいもののほうが……具もほとんどないし、冷凍うどんだし」

「旨いんだからそれでいいじゃないか。たしかにシンプルかもしれないが、ちゃんとダシを取って手間がかかってるのは知ってる」

とても嬉しい言葉だったが、それならなおさら、もっと美味しいうどんを食べてほしくなる。

「あの、ちゃんと料理を習いたいです」

それを聞いた道前はわずかに目を瞠ってから、柔《やわ》らかく細めた。

「初めて希望を聞いた気がするな。よし、任せろ。さっそく明日からだ」

「えっ、そんなに早く？」

「ああ、食べたいものを決めておけ。いちばんお勧めの店に連れていく」

「は……？　いえ、そうじゃなくて、教室とかに通えたら――」

「旨いものを食べて、舌で覚えればいい」

翌日、いつもより早めに帰宅した道前は、美織を連れて銀座へ引き返した。けっきょくなににするか決められなかったのだが、今夜は鮨《すし》を食べさせてくれるらしい。

銀座でお鮨……人生であるとは思わなかった。嬉しいより怖い……。

裏通りのこぢんまりとした店構えで板前もふたりきり、客は道前と美織だけという状況だったが、完全予約制ということだった。それで成り立つのかと思ったが、きっと値段も張るのだろう。

カウンター席なので、板前の手元がよく見えた。動作が流れるようで、あっという間に握り鮨が出来上がるさまは、見ていて飽きない。

味は言うまでもなかった。上品なサイズではあったが、美織にしてはずいぶん食べたと思う。

店を出ると、道前は感想を訊《き》いてきた。

「あんなに美味しいお鮨、生まれて初めていただきました。でも……参考になったかどうか……」

「同じものが作れたら、板前の立場がないだろう。旨かった、それでいいじゃないか」

少し歩こうと言う道前と並んで、銀座の街を歩き始めた美織は、にわかに警戒した。

「買い物するとか、言いませんよね？」

「欲しいものがあるのか？」

「ありません！」

必要だと言われたものがひととおり揃い、しかもまだ使うこともないままなので、道前もやたらと買い与えることはなくなった。

仲睦《なかむつ》まじそうなカップルと擦れ違い、美織はふと自分たちもそんなふうに見えるだろうかと思った。ショーウインドウに目を向けると、道前の手が美織の背中を包んでいるのが見えた。そうされているのは知っていたけれど、客観的な視点から見ると胸がときめいた。

まるでデートみたい……。

結婚に同意して、すでに二か月が過ぎようとしている。今さらデートで浮かれている場合かと言えるかもしれないけれど、交際期間もなく、当然のことながら婚前デートもなかった。妻という立場になってから、道前と連れ立って出歩いたことが皆無ではないが、必要な買い物だったり、猫を猫カフェに移動したりという目的があった。

ただなんとなくふたりで歩くということが嬉しくて、美織は道前に寄り添った。

もう、拾われ猫じゃなくなったんだよね……？

キッチンで夕食の後片づけを終えた美織は、ふと思い出して冷蔵庫を開けた。道前が買ってきてくれたかぼちゃのプリンが、あとひとつ残っている。

今日くらいまでに食べ切ったほうがいいよね？　でも、サイズがけっこう大きいんだよなあ……太りそうっていうか、ごはんがっつり食べたから、食べ切れないかも。倫太郎さん、半分食べてくれるかな……。

美織がプリンを手にしたままリビングを覗くと、道前の姿がなかった。二階へ上がってしまったのか、それとも風呂だろうかと踵《きびす》を返しかけ、視界の端でカーテンが風に揺れて立ち止まる。掃き出し窓が開いているようだ。こんな時間に庭に出ているのだろうか。

「倫太郎さ――――」

窓辺に近づいてカーテンを寄せながら声をかけると、煙草の匂いがした。リビングの明かりが届かない薄闇に、蛍火《ほたるび》のようなオレンジ色の点が見える。

「見つかったか」

かろうじて顔が見えるところまで戻ってきた道前は、テラスのガーデンベンチに腰を下ろした。苦笑いを浮かべているようだ。

「……なにしてるんですか。そんな薄着で、風邪ひきますよ。部屋の中で吸えばいいのに」

道前が煙草《たばこ》を吸うところを見たのは、『ロードファイナンス』で初めて会ったときだけだったから、すっかり失念していた。衣服からかすかに匂いを感じることはあっても、組員のものが移ったのだろうと、深く考えもしなかったのだ。

「美織は吸わないだろう」

「そうですけど、嫌煙家というわけじゃありませんから、気をつかってもらわなくても大丈夫です。私のほうこそ、気が回らなくてすみません」

「いや、きれいで健康な肺を汚すわけにはいかない。まあ俺も、我慢ができないってほどじゃないしな。うどんが旨かったから、ちょっと食後の一服だ」

道前はそう言って横を向き、満足げに煙を吐き出した。

「煙草を吸う人は、食後の一本が美味しいって言いますよね」

「すぐ戻るから、そこを閉めておけ。おまえこそ風邪をひく――なんで下りてくるんだ」

美織は道前の隣に座り、プリンを掲げて見せる。

「私は食後のデザートにします」

「吸ってる気がしないな」

そう言いながらも、道前は笑顔だ。

美織は思い切って、スプーンを道前に向けた。道前は不思議そうにそれと美織を見比べる。

「……食べすぎちゃうので、少し手伝ってくれませんか？」

道前は笑みを深くして、口を開いた。


美織はベッドの上で仰向《あおむ》けになり、脚を開かされていた。中心には道前が顔を伏せている。

「あ、あっ……」

秘蕾《ひらい》を舌先で突かれ、腰が勝手に波打つ。軽く触れられただけなのに、すでに膨らんで昂《たかぶ》っていたそこから、痺《しび》れるような快感が広がっていった。

初めて唇と舌で愛撫《あいぶ》されたときには、恥ずかしさで逃げ出したいほどだった。舌が届くということは至近距離で見られてもいるわけで、自分でも直視したことがない場所を道前に晒《さら》しているのかと思うと、耐えられなかった。

それが指で弄《いじ》られる以上の悦《よろこ》びをもたらし、美織から抵抗を奪っていった。今では当然のように手順に組み込まれている。

溢れ返りそうなほどの蜜を舌が掬《すく》い、それをまとわせるように秘蕾に絡みつく。繰り返されるうちに美織の腰がくねり出すと、隘路《あいろ》に指が潜《もぐ》り込んできた。

「……あう、んっ……」

捏《こ》ねるように指を蠢《うごめ》かされながら、官能の芽を刺激されると、他愛ないほど呆気《あっけ》なく上りつめてしまう。びくびくと身を震わせる美織から顔を上げた道前は、無造作に口元を拭《ぬぐ》いながら、さらに指を深く差し入れて煽《あお》ってくる。

「……ま、待って……まだ……あっ……」

「今度はこっちだけでいけるだろう?」

続けざまに官能に落とし込まれるのも初めてではないけれど、夜毎のように目くるめく悦びを与えられながら、それでいいのだろうかと最近強く思う。

道前の妻として多くのものを受け取りながら、いったい自分はどれほど返せているのだろう。はじめは恩返しのつもりで尽くそうという気持ちだったが、道前を好きになった今は、少しでも彼の気に入ることをしたい。

まずは日常生活の中で、と無意識に後回しにしてきたベッドでの行為も、いい加減に美織からも動くべきではないかと思うのだ。なにより、もっと道前に愉しんでほしい。

そんな思いから、美織はそっと道前の下肢に手を伸ばした。一瞬、美織の中を探っていた指の動きが止まる。

「……なにをするつもりだ？」

耳元で囁《ささや》かれて、美織は触れたものから指を離しそうになった。そうでなくても、初めて触れた道前のものは熱く硬く、大きくて、これが美織の中に入って、狂おしいほどの悦びをもたらすのかと思うと衝撃を受けていたのだ。

しかしここで引き下がっては、なにも変わらない。美織は己を叱咤《しった》して、熱く硬い猛りを握った。

「わ……私にもさせてください……」

そう言って手を動かすと、屹立《きつりつ》が脈動した。その反応にはっとした美織の手が、道前に摑まれてシーツに縫い留められた。思わず顔を上げ、道前と目が合う。薄暗がりの中、双眸《そうぼう》がギラリと光った気がした。美織を充分に啼《な》かせた後、自分も官能を味わう気になったときに、こんな目をしているように思う。

「そのうちでいい」

そう答えながら、道前は美織の脚の間に身体を割り込ませてきた。

「でも――あっ……」

道前に知られてしまった感じるところを擦った指が、ゆっくりと引き抜かれた。代わりに怒張が押し当てられる。先ほどの感触が、縫い留められたままの指先に蘇《よみがえ》った。

「我慢できない――」

ぐっと押し入ってきたものに、美織はたちまち溺れていった。

その日、美織は朝から緊張していた。自宅に来客があるというのだ。つまり対外的に初めて、美織は道前の妻として紹介されることになる。

そのはず、よね……？　家政婦として紹介されるとか……いや、指輪もつけるように言ってたし……。

そんなことを考えてしまうくらいそわそわしながらも、お茶の葉を吟味し、茶菓子も間違いないと思えるものを用意した。

小一時間の滞在予定だと聞いているので、内心ほっとしている。これが一緒に食事なんてことになったら、最後までもたないかもしれない。

やってくるのは、義道組と懇意にしている篠田《しのだ》組《ぐみ》の組長夫妻だという。近年は血縁が跡を継ぐことが少なくなった中で、義道組と同じく篠田組もまた実の親から子へと代替わりしているそうだ。

同じような立場という縁もあって、篠田組長が若頭だったころから親しくしているらしい。歳は篠田組長のほうが四つほど上だという。

「これでいいでしょうか？　どこか変じゃありませんか？」

美織はローウエスト切り替えのプリーツワンピースを選んだが、子どもっぽく見えないかと気にかかる。その分、メイクもしっかりして、髪もきちんと巻いたのだが。

「大丈夫だから落ち着け。それがいちばん重要だ」

道前は完全に休日仕様で、ざっくりとしたセーターにデニムというカジュアルな格好だ。初めてそんな姿を見たときは意外に思ったけれど、スーツ以外もよく似合って惚《ほ》れ直してしまった。けっきょく自分は、道前がなにを着ていてもカッコいいと思うのだろう。

チャイムの音に、美織は、はっとして玄関へ向かう。道前が先にたたきに下りて、ドアを開けた。

「よう、久しぶりだな。ん？　なんだ、ちょっと太ったか？」

そこに立っていたのは、長身でがっしりとした体軀《たいく》の目つきが鋭い男性と、波打つ黒髪の華やかな美人だった。この後、会合があるとかで、男性は光沢のあるシルバーグレーのスーツ、女性はツイードのジャケットにロングスカートという盛装だ。

ダイヤモンドのチョーカーの輝きが眩しい組長夫人が、真紅のネイルを施した指先で夫の腕を叩く。

「違うわよ。表情が柔らかくなったのよ。ねえ、倫太郎さん？」

「さあ、どうでしょうか。まずはお上がりください」

道前が道を空《あ》けるように一歩引いたので、後ろにいた美織は頭を下げた。

「いらっしゃいませ。初めてお目にかかります。美織でございます」

「あらっ、まあ……」

「ほう、これは……催促してもなかなか会わせてくれないはずだな」

ど、どういう意味だろう……外に出すのも恥ずかしい、とか？

美織は委縮しそうになりながら、最後尾についてキッチンへ向かった。「おかまいなく」という夫人の声が聞こえたけれど、逆に急かされるような心地で、お茶を淹《い》れ、茶菓子とともにリビングへ運んだ。

すでに歓談の様相の中、三人の視線がいっせいに美織に向く。緊張の極致で、どうにか震えを抑えながら、それぞれの前にお茶を置いた。

「なにもございませんが……」

「本当にお気づかいなく。ぜひお会いしたかっただけなのよ」

「倫太郎、紹介してくれ」

促されて美織が隣に座ると、道前が口を開いた。

「妻の美織です。お見知りおきください」

「改めましてよろしくお願いいたします」

篠田組長は軽く手を振った。

「なに、そんなに固くなることはない。篠田組の篠田剛《たけし》だ。こっちは女房の晶絵《あきえ》。こちらこそよろしく頼むよ」

「若いのね。いくつ？」

「はい、二十一です」

美織の答えに、ふたりは目を瞠った。篠田はテーブルに身を乗り出す。

「倫太郎、おまえいつまで経っても浮いた話を聞かないと思ったら、とんだ隠し玉を持ってやがったな」

「ほんとにねえ、こんな可愛《かわい》らしいお嬢さんがいたなんて――いただきます。あら、美味しい！」

「どこで知り合ったんだよ？」

「公園で拾ったんですよ」

「ばか言うな。それじゃ猫の仔と一緒じゃねえか」

親しい間柄《あいだがら》でもさすがに経緯は明かせないらしく、篠田にさらに追及されても、道前はのらりくらりと躱《かわ》した。

篠田の視線がこちらに移ったので、美織は無意識に身構えた。

「あんたが堅気なのはわかる。惚れた腫《は》れたで一緒になるには、なにかと厄介《やっかい》な相手だが、それでも添い遂げようと思ったなら、そばにいてやってほしい」

思いがけない言葉をもらって、美織は緊張も忘れて篠田を見返した。小娘が身のほどもわきまえず、極道の世界に足を突っ込むな、と言われるのも覚悟していたのに、道前のそばにいるのを認められた気がした。

「……はい」

篠田は片頬で笑って頷《うなず》き、道前に視線を戻した。凄みを利かせるように睨《にら》みつけるので、傍《はた》で見ている美織のほうがドキドキしてしまう。

「倫太郎、手に入れたからには、なにをおいても女を守れよ。それが極道の、いや、男の矜《きょう》持《じ》ってもんだ」

「承知してます」

道前の応えは簡潔で軽いものだったが、美織は改めて自分が極道に嫁いだのだと実感した。

幸か不幸か道前に対して、あまりそう意識することがなく、特に一緒に暮らすようになってからはふつうのビジネスマンと変わらないような気がしていた。

事務所に出入りしていても、ほとんど奥の屋敷で過ごすこともあって、ヤクザという印象が薄れていた。

なにより道前に惹《ひ》かれたのが動物に対する優しさや慈しみで、同じように美織を救い守ってくれたことに頼もしさを感じてだった。実際にアパートから救出されたときは、他の組と対峙《たいじ》する場面も見ているし、その方法にしても特異だったのだが、わかりやすいヤクザらしい姿はほとんど知らない。

しかし今、篠田の言葉を聞いて、身が引きしまる思いだった。道前に向けての言葉だったけれど、美織も道前に対して誠実であろうと思う。実際にできるかどうかはともかく、組にとって大切な人である道前を、妻として守っていこう。

「もう、剛さんったら。美織ちゃんがびっくりしてるじゃない。脅《おど》すようなこと言わないのよ、まったく。今どき昭和の任侠なんて流行らないんだから」

晶絵は身を乗り出していた篠田の袖を引っ張って引き戻し、美織に笑いかけた。

「おじさんの言うことは聞き流していいのよ。奥さんは家と自分をきれいにしてれば、たいがいのことはうまくいくわ」

「しかし二代目の――」

「あらっ、やだ、こんな時間！　遅れちゃうわ。お暇《いとま》しましょう」

立ち上がった晶絵に急かされて、篠田も玄関へ向かう。

美織は篠田が言いかけたことが気になった。二代目というのは、道前の父親のことだろうか。道前が幼いうちに、両親とも亡くなったということは聞いているけれど、詳しいことは知らない。

あっと、いけない！　お土産を――――。

美織は菓子折りを手にして玄関へ向かった。

「あの、これ――――どうぞお持ちください」

「ま、ありがとう。さっきのお菓子のお店のね？　嬉しいわ、ほんとに美味しかったもの」

「気が利く嫁さんだなあ」

「美織ちゃん、今度ぜひうちにも遊びに来てちょうだい。倫太郎さんが渋るようなら、一緒でもいいから」

「ありがとうございます」

外まで見送ると言う道前に任せて、美織は玄関先で頭を下げた。

ドアを閉めると、一気に疲労が押し寄せてくる。美織がひとりで緊張していたせいで、なにをしたわけでもない。会話も道前に任せてしまった。

こんなことじゃだめよね。

反省しきりだが、萎《しお》れるのではなく奮起している。たぶんそれは、目の前で姐という立場の人を見たからかもしれない。

晶絵はおそらく三十代半ばくらいかと思われたが、貫禄のある女性だった。それでいて物腰は優雅で、会話もうまい。

なによりあの美しさだ。派手な顔立ちにしっかりと施されたメイクに意識が向きがちだが、肌がきれいで手入れを怠《おこた》っていないと思わせる。身長も高くメリハリのあるボディで、直接羽織っているらしいジャケットから覗く豊満な胸の谷間が、同性の美織でも手を伸ばしたくなるくらい魅力的だった。

たしかに素人の女性では醸し出せないような雰囲気で、これが極妻かと迫力に圧倒されもしたけれど、憧《あこが》れの気持ちが強く湧いてくる。

私もいつか、あんなふうになれるかな……。

どうにも想像すらできないが、篠田の言葉に決意を新たにした美織なので、目標は高く持って努力していこうと思う。

それにしても晶絵はすてきだった。美織はリビングのテーブルを片づけてから、ふらふらと自室へ向かった。部屋続きのウォークインクローゼットには、桐箪笥《きりだんす》も備わっていて、じわじわと着物が増えつつある。師匠から覚えが早いとお墨付きをもらい、自力で着られるようになったのを機に、道前が着物を作り出したからだ。

実際のところは、ドレス以上に着る機会がないのではないかと思っていたが、着ようとしないからチャンスがないのだと気づいた。着られるようになっても着ずにいたら、いつまで経っても着慣れない。

せめて形から入るなら、着物を着こなせるのは姐としてポイントが高いのではないか。きっと晶絵の着物姿も素晴らしいに違いない。

そう思った美織はいそいそと抽斗《ひきだし》を開けて、銀鼠《ぎんねず》の地に白い牡丹《ぼたん》を描いた着物を取り出し、ワンピースを脱ぎ落とした。

襦袢《じゅばん》から着物に取りかかったころ、道前が美織を呼びながら部屋のドアを開けた。

「……なにをやってるんだ?」

「あ、着物を着ようかと思って――――」

目先のことに意識を奪われて、道前のことをすっかり失念していた美織は、内心慌てた。

「な、なにか?」

「いや……手伝うか?」

「お気づかいなく! 自分でできないと……というか、できるようになったはず……」

あたふたする美織を見て、道前は小さく笑った。

「そうか。じゃあ、着たら見せてくれるか」

そして三十分ほどが経ち――――美織は姿見の前で首を傾げていた。

うーん……やっぱりイメージと違うな……。

途中で気がついて、一応髪もアップにまとめてみたのだが、どう見てもせいぜいお茶かお花のお稽古に行きますというか、背伸びして歌舞伎鑑賞ですというか。

着方が違うのだろうかと、美織が襟元《えりもと》に手をやったところで、遠慮がちなノックの音がした。

「あっ、はい」

「そろそろできたか？」

ドアを細く開けた道前に、美織は苦笑を浮かべた。

「できたというか……七五三には見えないと思うんですけど、ちょっと……」

そもそも柄に美織が追いついていないのだろうかと、根本的なところに立ち返る。しかし道前だけでなく、師匠にも同行してもらって、相談しながら決めた反物だったのに。

ふと鏡越しに道前と目が合い、美織はどきりとした。視線の強さを感じて怯《ひる》んでしまいそうになる一方、その目で直接見つめてほしいと感じた。

美織が振り返ると、道前はゆっくり近づいてきた。

「着付けのことはわからないが、よく似合う。きれいだ」

ほんとに⁉

たちまち舞い上がりそうな心地になるが、美織は懸念を打ち明けた。

「でも……全然若頭の妻という感じではないなと……」

そっと窺うと、道前は不思議そうに目を見開いた。

「なにを気にしているかと思えば……組の姐より、まずは俺の嫁でいてくれればいいんだ。

うん、もっと着物を揃えてやりたくなるな。どうだ、今から呉服屋へ行くか？　そのままでいい」

「えっ、なに言ってるんですか！　こんなので行ったら笑われちゃいます。いえ、着物がどうということじゃなくて、私の着方が。髪だってセットしてないし」

「じゃあ、着替えてからにするか。脱ぐのは手伝うぞ。一度やってみたかったんだ、帯をくるくるっていうやつ」

道前らしくもない軽口を、美織は意外に思いながらも、楽しくなって言い返した。

「くるくるするほど巻いてません」


寒くなりそうだったので、夕食は湯豆腐にすることにした。父と暮らしていたころに湯豆腐といえば、本当に豆腐とせいぜいキノコが入るくらいだったのだが、今夜はタラとホタテ、水菜と白菜に数種類のキノコという豪華版だ。

先に里芋の煮転がしを作っておき、仔猫たちに食事をあげながら、少し遊び相手をすることにした。

「はやっ！　もう食べちゃったの？　あーあ、そんなにこぼして……」

ふやかしたキャットフードをものすごい勢いで食べた仔猫たちは、互いにじゃれ始める。来たばかりのころは数時間おきにミルクを与えて、下の世話までしていたのに、今ではすっかり一人前の仔猫だ。三匹いるので寂《さび》しがることもなく、むしろ美織はあまり必要とされていない。

「いっちゃん、だめ！　トイレはあっち――あれ？　きみはさんちゃん？」

一応識別して仮称をつけているのだが、たびたび美織は猫違いをしてしまう。揃って茶トラなので、混乱するのだ。

しかし朝と夜くらいしか顔を合わせない道前は間違わないようで、なにかコツというか、識別ポイントがあるのだろうかと不思議に思う。

順番に爪切りをしていると、ドアが開いて道前が顔を覗かせた。

「すごい鳴き声だな。爪どころか肢まで切られるような騒ぎだ」

「あっ、おかえりなさい！　すみません、気づかなくて……早かったんですね。どうしよう、まだごはんの支度が途中で――」

「ああ、替わる」

部屋に入ってきた道前に、仔猫を手渡した。

「すみません、さんちゃんはもう終わりました」

「……この子がさんちゃんだろう」

「ええっ？」

「全員チェックするから、ここは任せろ」

美織は猫部屋を出て、洗面所で手を洗ってエプロンを取り替えてから、キッチンへ向かった。

また違ってたのか……もう、倫太郎さんに呆れられちゃう。

昆布を敷いて水を張っていた土鍋を火にかけて、豆腐を入れる。食材を切りながら、次々と鍋に盛りつけていると、道前が廊下を歩いてくる足音がして、美織はいっそう速く手を動かす。

「すみません、もう少しでできます」

「まだ時間も早いし、慌てなくていい」

「はい――――あっ……」

指の背に鋭い痛みが走って、美織は包丁を手放した。大理石の調理台に、思いがけず大きな音が響く。

「美織？　どうした？」

やっちゃった……。

痛みの元を反対の手で握るが、隙間から血がにじみ出す。

「切ったのか⁉」

駆けつけた道前に腕を摑まれ、美織は首を竦めた。

「すみません、おっちょこちょいで――あ、野菜だいじょうぶだったかな?」

血がついてしまっていたら、さすがにもうそれは使えない。水菜はナシでいいだろうか。それとも道前は、湯豆腐自体食べる気をなくすだろうか。それはもったいない。明日美織が食べるにしても、今夜のおかずはどうしよう。

そんなことを考えていると、タオルを持った道前に手をどけられた。

「見せてみろ」

人差し指の第二関節あたりがすっぱりと切れていた。掠《かす》り傷というには微妙なところだけれど、指先は出血も多いのだろう。

しかし道前はタオルで指をぐるぐる巻きにすると、美織を抱き寄せて鍋の火を止めた。

「病院に行くぞ」

「え? や、そんな大げさな……しっかりテープで留めれば――倫太郎さん⁉ 聞こえてます?」

返事はなく、二人三脚で競争でもしているかのような勢いで美織はガレージに連れていかれ、車に乗せられた。運転席に座った道前がエンジンをかけると、ガレージのシャッターが上がっていく。

え? 倫太郎さんが運転するの?

これまで道前は、いつだって運転手付きで移動していた。ガレージに車があるのは知っていたけれど、それも組員が運転するのだと思っていた。

というか、運転手兼ボディガードなんでしょ？　誰もいないのに、出かけていいの？

篠田組長の話を聞いて以来、美織は極道に嫁いだのだという認識を新たにした。道前がいくら気にするなといったところで、一般人よりは、はるかに危険な状況になることも多く、場合によっては命を脅《おびや》かされることもあるのだと、まだまだ想像ではあるが理解したつもりだ。

だからこそ道前の身を守るために、自宅と事務所の行き帰りも運転手付きで、外出にも供がつくのだろう。

「あの、事務所から誰か呼んだほうが――」

「待ってられるか」

道前はそう答えるなり、アクセルを踏み込んだ。

スピード違反で捕まるのではないかと、ひやひやする美織を乗せた車が停まったのは、古い個人病院の前だった。玄関先に半分乗り上げるようにしてエンジンを切った道前は、素早く助手席側に回ってドアを開け、美織を連れ出す。

「小野瀬《おのせ》医院……」

途中で電話をかけた道前が、相手を小野瀬と呼んでいた。道前のことだからなんとなく大学病院のようなところに向かっていて、そこの医師に連絡しているのだと思っていたけれど、違ったようだ。しかし大ごとにならないようで、美織はほっとする。

いや、そうは言っても、このくらいの傷で病院に行くことがそもそも――。

玄関の明かりは消えていたが、ドアにカギはかかっていなくて、道前は中に入るなり声を上げた。

「小野瀬！」

「いるよ。上がってこい」

スリッパに履き替えて、廊下の先の明かりが灯《とも》った診察室に向かう。室内にいたのは、しわくちゃの白衣を引っかけた、白髪交じりの頭に眼鏡をかけた医師だった。滅菌ガーゼの上に、ピンセットや鉗子などを並べていた医師は、睨むように振り向く。

「女にケガさせせんじゃねえよ。ヤクザの風上にも置けねえ野郎だな。どこをやられた？　ドスかハジキか」

「指だ！」

「指……？」

片眉を上げた医師の前に押し出された美織は、緊張しながら頭を下げた。

「はじめまして……美織と申します。突然伺いまして、申しわけありません……」

倫太郎さんよりこの先生のほうがずっとヤクザっぽいじゃない！　こんな傷で来たなんて、

怒られちゃう。

「……いやまあ、ここに来るのはたいてい急患だしな」

そう答えながらも医師は上の空で、道前に問いかけるような視線を向けた。

「俺の嫁だ」

「結婚したのか！　いつの間に？　っていうか、なおさらなにやってんだ、おまえ！　女房にケガさせるなんて――」

「違います！」

医師の剣幕は恐ろしかったが、道前の妻となった以上、美織もしっかりしなければいけない。怖いなんて言っている場合ではない。このままでは道前が誤解されてしまう。

「私が自分で……包丁で切ってしまって――あ、でもちょっとです！　倫太郎さんが心配してここまで連れてきてくれて……お騒がせして申しわけありません」

「ちょっとじゃない！　血がドバドバ出てた。早く縫うなりなんなり――」

「うるせえ！　付き添いは離れてろ。てめえがばたばたしてると埃《ほこり》が舞う」

医師は道前を一喝すると、美織を流し台に連れていき、手からタオルを外して流水に当てた。ここに来るまでの間に止血できたのか、血はほとんど流れてこない。

「切ってたのは肉か？」

「いえ、水菜を……お肉は切ってません」

「あんな力がいらないもん切ってて、なんでてめえの指まで切るんだ」

正論なので言い返せない。

たっぷり五分ほど傷を洗ってからシンクを離れ、椅子に座らされて医師と向き合う。傷口を確かめた後で、絆創膏《ばんそうこう》を貼られた。

「終わったぞ」

「これだけか？」

美織の後ろから指を覗き込んだ道前は、疑わしげな視線を医師に向けた。

「他になにをやれってんだ。指なんて言うから落としたのかと思えば……っていうかおまえ、腹に穴でも空いたような騒ぎしやがって」

医師は座ったまま、道前を蹴りつけるしぐさをした。

「ありがとうございました」

美織が礼を言うと、医師はまじまじと見返す。

「倫太郎の嫁さんか。挨拶が後になっちまったな。俺はここの医者の小野瀬だ。こいつとは中高と同窓で――まあ、よろしく頼む」

同級生だったのか。白髪があるせいか、道前より年長に見えた。

「慌てて出てきてしまったので……後日改めてお礼に伺わせてください」

そう言うと、小野瀬は軽く手を振った。

「いらねえよ。病院なんか、用がなけりゃ来ねえほうがいいんだ」

「痛み止めは必要ないのか?」

「あー、うるせえ! とっとと帰りやがれ」

帰りの車の中、道前は無言だった。安心してくれてのことならいいのだが、原因を作ったのは美織なので申しわけなさのほうが先に立つ。

「あの……心配かけてすみませんでした。それと、病院に連れてきてくださって、ありがとうございました」

道前はちらりと美織を見て、すぐに視線を前に戻した。

「本気で心配した。血が止まらなかったらとか、神経を傷つけていたらとか」

いや、あの程度でそれはないと予想はついていたが、そう言い返すのもはばかられる。そのくらい道前は美織を案じてくれたのだ。

「すまない」

「え?」

美織が目を向けると、道前はため息をついてウィンカーを出し、路肩に車を停めた。

どうして倫太郎さんが謝るの? なにもしてないじゃない。

「動転して、頼りないところを見せた。こんな男じゃ、おまえも安心できないだろう」

「なに言ってるんですか」

美織は慌てて、身体ごと道前に向き直った。

「私のことを心配してくれたから、急いで小野瀬先生のところに連れていってくださったんでしょう？　頼りないなんて全然――」

「怖かった」

絞り出すような呟きに、美織は黙り込む。

「おまえから血が流れるのを見て……両親のように俺の前から消えてしまったらどうしようかと……」

倫太郎さんのご両親……？　ケガをして亡くなったの？　事故？

訊《たず》ねるのもぶしつけな気がして、しかし目の前の道前を少しでも慰めたくて、美織はそっと手を握った。道前はそれに目を落として、口を開く。

「両親は、当時対立していた組織に刺されて死んだ。子どもだった俺は、周りが止めるのも聞かずに駆け寄って……血だらけで、いまだに夢に見る……」

「倫太郎さん……」

言葉がない。なにを言っても、上っ面だけの慰めになりそうだった。

「ヤクザの嫁になるってことは、そういう危険もあるんだと、本当は最初に言うべきだったのに……両親の死にざまを教えたら、おまえに逃げられそうで……言えなかった」

美織は首を振った。依然としてなにを言えばいいのかわからなかったし、自身も動揺が収まっていなかったが、唯一はっきりしていることを伝えた。

「私……ずっとそばにいます」

◇

あの日、指先を血に染めた美織を見て、自分でも驚くほど動揺した。

極道の世界にいれば他組織との小競り合いは日常で、血の気が多い若い衆の抑えが利かずにやり合い、血を見ることも珍しくない。小野瀬医院は、そんなときの駆け込み寺でもあった。

ある意味ケガには慣れた感があり、今さら狼狽《うろた》えるなど、組をまとめて仕切る立場の道前にはありえなかったのだ。

……それが、慌てまくった。いや……怖かったんだ。

そんなことはあるはずがないと思いながらも、指先から身体中の血が流れ出して、美織の命を奪ってしまうのではないかと恐れた。並んで横たえられた両親に触れたときの冷たい感触まで蘇って、居ても立ってもいられなかった。

あのときの道前は、若頭でもなんでもないただの若造――いや、幼い子どもだったかもしれない。

「静かなところですね」

花束を抱えて隣を歩く美織に話しかけられ、道前は回想から引き戻された。

「ああ」

美織の傷はもう市販の絆創膏が貼られているだけで、日常生活にも支障はないようだ。それでも夜の生活のときですら指に触れるのが躊躇《ためら》われるのだから、我ながら呆れるような臆病者だ。

病院から帰る車の中で、思いがけず両親の死について打ち明けることになった道前の手を、美織はそっと握ってくれた。非力で頼りなく、守るべき対象だとばかり決めつけていた美織の、温かく柔らかなその手をどれほど得がたく思っただろう。手だけではなく美織の存在そのものが、自分になくてはならないものだと痛感した。

道前家の墓地は、郊外の霊園の中にひっそりとある。以前は都心の菩提寺《ぼだいじ》の敷地内だったが、抗争の余波を受けて破壊されたのを機に移したので、まだ新しい。

墓参を言い出したのは美織だった。遠出させるのは気が進まなかったが、「ちゃんとご挨拶もしないままでは気が済みません」と返された。

墓石の前で一礼した美織は、花を供えて線香を手向けてから、改めて手を合わせた。なにを伝えているのだろう。これからもそばにいてくれると、両親にも言ってくれているのだろうか。

その後、戸部《とべ》家の墓に向かった。美織が墓参りをしてくれるなら、自分もしないわけにはいかないと、遠慮する美織を説き伏せたのだ。

場所を知っておけば、あの男の後始末も手間がない。許せない鬼畜野郎だが、死んだ後はせめてもの情けで人並みに弔《とむら》ってやる。

美織は父親が遠洋漁業に従事していると思っているが、戸部修はすでに売り渡している。まだ死亡したという連絡はないが、そのときは遺骨だけでも引き渡してもらう約束になっていた。人骨にも利用価値はあるそうで、少々渋られたが。

もちろん美織には決して知らせない事実だ。彼女なりに父親に見切りをつけて決別したようだが、血の絆《きずな》は消せるものではないし、生来があのお人よしな性格だ。知らないままのほうがいいこともある。

……なんのかんのと言いわけしても、俺の所業を美織に知られたくないだけかもしれないな。嫌われるのは怖い。

極道としての非情な面を知られて、美織に避けられるのはつらい。しかし美織を守ると決めた以上、あの父親は害悪でしかなく、処分を悔いてはいなかった。

だからこれは、墓場まで持っていく秘密だ——。

「そこです、お墓」

墓……？

埼玉との県境に近い公営霊園で、美織の声に道前はまたしても我に返って足を止める。均一の区画が並ぶ中、どれがそうだろうと墓石の文字を見回していると、美織がひとつの墓に向き合って、首を傾げていた。

「お花が……誰かな？」

たしかに花立てには、供えてせいぜい数日ほどの花が挿《さ》してあったが、白いバラというのが妙だ。しかし美織はそっとそのバラに触れた。

「白バラ、母が好きだったんです。もしかして、父が……？」

いや、それはない！

そう言いそうになった口を、道前はとっさに引き結んだ。

「……それはどうだろう。他にも参ってくれる人がいたんじゃないか？　友だちとか」

美織は納得していない表情ながらも頷いた。

「そうですね。なんにしても、覚えてもらっていてありがたいことです」

持参した花と線香を手向けてから、美織と並んで手を合わせる。

「お母さん、私、結婚しました。こちらが旦那さまの倫太郎さんです」

まさか実際に言葉が聞けるとは思わず、道前はつられて墓前に頭を下げた。

「はじめまして、道前倫太郎と申します」

「やだ、お墓の前で」

美織に笑われ、つい言い返す。

「おまえが先に喋《しゃべ》ったんだろう」

「そうですけど……ありがとうございます」

そっと寄り添ってきた美織の肩を、道前は抱き寄せた。

◇

三匹の仔猫の一時保護が終了し、美織はリュウに送迎を頼んで猫カフェに向かった。

「わあ、コロコロですねー」

スタッフは一匹ずつ抱き上げながら、成長具合に感嘆の声を上げた。

「はい、もう食欲旺盛で……あげればあげるだけ食べちゃうんで、加減を見て――あ、プロの方に言うことではないですね」

「いいえ、参考になります」

カフェを覗くと、ずいぶん大きくなったサバトラと黒猫が、客の膝の上でくつろいでいた。元気にしているようで嬉しい。

黒猫と目が合ったけれど、大あくびをしてそっぽを向かれてしまった。これが道前だったら、もっと違う反応を見せたのだろうか。茶トラ三兄弟も、道前が帰宅すると大騒ぎをしたものだ。

猫カフェを出ると、我知らずため息が洩《も》れた。

「ちょっと寂《さび》しくなっちゃう」

「きっとまたすぐに新入りが来ますって。ちょっとばかし子育てから解放されたと思って、ゆっくりするといいっすよ」

リュウに言われ、たしかにそうかもしれないと口元が緩んだ。

車に乗り込んでエンジンをかけたところで呼び出し音が鳴り、「ちょっとすんません」とリュウがスマートフォンを手にした。

「お疲れさまっす。はい、今出るとこで――えっ⁉　カシラが⁉」

後部席にいた美織は、はっとして運転席のシートにしがみついた。

倫太郎さん？　なにかあったの⁉

「はい……わかりました。それじゃ――」

通話を終えたリュウは、眉を寄せて美織を振り返った。

「カシラが……撃たれたらしいっす」

息を吞《の》む美織に、リュウは慌てたように言葉を続ける。

「でも、掠ったただけみたいっすから――あ、だけってことないすよね、すんません。でも弾はまともには当たってないんで――」

なに言ってるの？　撃たれたんでしょ？　大ケガじゃない！　意識はちゃんとしてるの？　血は止まったの？

混乱と恐怖で、叫び出しそうだ。

「……それで、倫太郎さんはどこに？　病院⁉　早く連れてって！」

「いや、美織さんのことは、事務所に連れてくように言われてるんで、そっちに――」

「どうして⁉　会わせて！　小野瀬医院なの？　連れてってくれないなら自分で――」

ドアレバーに手を伸ばそうとした美織の肩を、リュウが身を乗り出して掴んだ。

「美織さんっ！」

いつもへらっと明るいリュウの真剣な眼差しに、美織は、はっとして我に返る。

「事務所に行けってのは、カシラの指示です。今は取り込んでるんで、ひとりで麻布台にいるより安心だからって……そうしてください」

道前がそう言うなら、従うしかない。勝手なことをすれば、結果的に迷惑がかかる。リュウだって咎《とが》められるだろう。

でも……心配でたまらないっ……倫太郎さん……。

事務所前は騒然としていた。いつもはきっちりと閉まっている引き戸が開いていて、数人の組員が周囲を見張るようにうろついていた。リュウが運転する車にも鋭い目を向け、気づくと路肩を空けた。

車を降りた美織は、組員たちに守られるように囲まれて事務所の中に入った。

「美織さん――申しわけありません」

園井《そのい》がそばに来て、深々と頭を下げた。

「なにがあったんですか？　園井さんも一緒に？」

「いえ、私はここにいて一報を受けたんですが……カシラは会合先の新宿のホテルを出たところを、仁虎《じんこ》一家《いっか》に襲撃されて脇腹を負傷しました――」

ボディガードの若い衆も、太腿に銃弾を受けたという。犯人は逃走したが、すぐに他の組員が追いかけている。ホテルの駐車場でのことで人気も少なかったとはいえ日中の発砲事件で、警察も動いているらしい。

よろめいた美織をリュウがソファに座らせてくれ、水の入ったグラスを手渡してくれた。

「……ふたりとも病院ですか？」

「小野瀬医院で治療中です。先生にお任せすれば、心配はないかと」

それでも撃たれたのだ。美織は震えが止まらず、口元を手で覆う。そのまま泣き出してしまいそうになるのを、唇を嚙みしめて必死にこらえた。

自宅ならいざ知らず、ここにいる以上は、美織は若頭の妻でもある。取り乱したら道前の顔が立たない。道前が極道なのは承知で結婚したのだから、その立場を忘れてはいけない。

「……わかりました。組長は？」

訊ねると、園井はふいに苦い表情を見せた。

「報告を上げないわけにもいかず……聞くなりドスを手に飛び出そうとしましたので、やむなく眠っていただきました」

力ずくなのか一服盛ったのかはわからないが、今はそれしかないだろうと美織も思った。矍鑠《かくしゃく》としているが八十を超えた老体だ。組長の身にまで万が一のことがあっては、混乱が大きくなるばかりだ。

日が暮れたころ、にわかに外が騒がしくなり、美織はソファから立ち上がって戸口を見た。引き戸が開き、スカーフェイスの杉野《すぎの》が姿を現す。振り返った彼の肩越しに、道前の顔が見えた。

「おかえりなさい」

「ご苦労さまです」

いつもは張り上げるような野太い声が響くが、今日ばかりは呟くようだ。道前はひとりひとりに頷きを返しながら進み――――美織に目を止めた。

ふだんの速度ではないが、誰の手も借りずに歩いている。その姿に、美織の涙腺はまた崩壊しそうになった。唇をぎゅっと結ぶと、道前が苦笑を浮かべた。

「心配かけたな。ただいま」

道前が帰ると言って聞かなかったので、組長に顔を見せた後、美織と道前は園井の運転で麻布台まで送ってもらった。

車がもう一台あとをついてきたから、今夜は家を見守ってくれるつもりなのだろう。

リビングに腰を下ろそうとする道前を止めて、美織は道前を寝室に引っ張っていった。

「夕飯は？　腹が鳴りそうなんだが」

「ベッドの中でも食事はできます。おにぎりでいいですよね？」

「みそ汁くらいはつけてくれ。油揚げと大根がいい」

どちらからともなく軽い会話の応酬が続く。美織のほうはそうでもしないと、泣きついて恨み言を言ってしまいそうだ。

覚悟していたよりずっと元気そうだもの。それでもうありがたいけれど……。

キッチンで食事の支度をしながら、美織はともすれば思いに引き込まれて手が止まりそうになるのを、かぶりを振って無心で作業を進めた。

おにぎりやみそ汁を載せたトレイを手に二階の寝室へ行くと、道前はパジャマに着替えているところだった。羽織りかけの上衣の陰から、脇腹に貼られた大きな絆創膏が見える。あの程度の処置で大丈夫なのだろうかと不安が過《よぎ》ったが、小野瀬を信じようと思い返した。

美織を振り返って、道前はベッドの横のソファに腰を下ろした。

「ベッドに入ってください」

「大げさだな。的は外れてる」

でも掠ったってことは、外れたとは言わない。ほんのちょっとずれたら、大ケガになってたじゃない。

言い返しこそしなかったけれど、そんな内心が表れていたのだろう美織の視線に、道前は肩を竦めた。

「食べたら寝る。みそ汁をこぼしでもしたら面倒だからな」

多めに作ったおにぎりを、道前はまず美織に差し出した。

「おまえもまだだろう」

美織は頷いておにぎりを受け取り、道前の隣に座る。

「おっ、アジか。うん、ゴマと大葉が合う」

夕食用の食材で、おにぎりに合いそうなものをとりあえず使ってみたが、たしかに美味しい。

「……ダシ巻き玉子、急いだのでちょっと歪《いびつ》ですけど……」

「味はいいぞ」

食器を下げてから、美織はバスルームでタオルを絞り道前の身体を拭いた。

「さっとシャワーを浴びればすぐなのに。これじゃ頭も洗えない」

「だめですよ！　シャンプーは明日手伝いますから、今夜はこれで我慢してください」

道前の身体に刺青はない。そこに銃痕《じゅうこん》という一般人ではまずありえない傷を負ったことで、美織は指が震えそうだった。己の覚悟がまだ足りなかったと思い知る。

「世話をかけてすまない」

その言葉に、美織はパジャマのボタンを留めていた手を止めて、顔を上げた。道前は自嘲《じちょう》するような笑みを浮かべていた。

「……倫太郎さんのお世話をするのは私の務めです。謝ることなんて……あり、ません……」

図らずも喉がひくりと鳴って、それをきっかけに感情が乱れた。

「私が指を切ったときは、あんなに心配してくれたでしょう？　私だって同じ気持ちだってわかってください。まして撃たれたなんて……」

「動揺させるのがわかってたから、見せたくなかったんだ」

「見る見ないじゃありません。ケガをした事実です。またこんなことが起きたら、私っ……」

ベッドに腰かけた道前の膝に、美織はすがりついた。道前にもしものことがあったら、自分はどうしたらいいのだろう。

「もう……ケガしないでください……」

「……不可抗力だ」

髪を撫《な》でられる感覚に、美織は潤んだ目を上げた。道前は困ったような笑みを浮かべて、美織を見下ろしている。

わかっている。用心していても狙われた。けれど道前を失いたくない。ヤクザなんて辞めてくれと言えたら――。

しかし、そんな道前についていくと決めたのは美織だ。もう離れるなんて想像もつかない。

そして、道前の稼業に口を出すこともできない。言ったところで道前が耳を貸すとも思えなかったし、むしろそんなことを言う美織を切り捨てるだろう。

「お願いがあります……」

美織の言葉に、道前はわずかに眉をひそめて身構えた。

「どんなケガをしても、必ず帰ってきてください」

無事を祈って待つしかできないのではなく、道前を信じて帰りを待つ――道前への頼みごとは、美織自身に向けての覚悟の表明でもあった。言葉足らずのそれを、道前は聞き届けてくれたのかどうか――美織の両腕を摑んで、立ち上がらせた。

「約束するまでもない。俺が戻るのは、おまえのところに決まってる」

道前は美織の項《うなじ》に手をかけて引き寄せ、唇を合わせてきた。傷が痛むのではないかと気にかかったけれど、キスを拒むなんてできない。できるだけ体重を預けないようにしていたが、道前の身体はゆっくりとベッドに倒れて、いつしか美織はその上に覆いかぶさる体勢になっていた。

ようやく唇が離れて、美織は喘《あえ》ぐように息をつきながらベッドを降りようとした。しかし背中を抱かれて、道前の上に倒れ込む。

「あっ、ごめんなさい！　大丈夫ですか？」

「なんで謝る。引っ張ったのは俺だ」

そんなやり取りの間も、美織は道前の腕から逃れようともがいていたが、動けば動くほど抱擁《ほうよう》が強くなった。

「傷が……」

「掠り傷だって言っただろう」

「わかりました。わかりましたから、もう休んで――」

「抱きたい」

耳に飛び込んできた台詞《せりふ》に、美織は道前を見下ろした。見返す道前の双眸は熱を帯びていて、呼応するように美織の胸も高鳴った。しかし――。

「……なに言ってるんですか、ケガ人なのに」

「ああ、まったくな。だからといって、収まりそうにない。心配する必要なんてないくらい元気なんだって、おまえも確かめたいだろう？」

安静にしてなきゃだめなのに……。

そこで美織は、はっとした。先送りになっていた行為に挑むのは、まさに今なのではないだろうか。道前も暗にそれを求めているのでは。

でも、いきなり……心の準備が……。

泳いだ視線がつい助けを求めるように道前に向いてしまい、明らかに促されていると感じた。美織はおずおずとパジャマのズボンに手を伸ばし、引き下ろそうかどうか迷って、手を潜り込ませた。

「っ……」

硬く熱いものが指に触れ、一瞬手を引っ込めそうになるのを、どうにかこらえた。結ばれて三か月近くになるのに、いまだに道前のものをまともに愛撫したことがないので、感触に怖気《おじけ》づいてしまう。

しかし以前試みようとしたように、触れたくないわけではないのだ。道前に愉しんでほしいとも思っている。

すでに力を蓄えていたものが、美織の手の中で硬さを増した。恐る恐る指を動かすと、ときおりぴくりと脈打つ。これはこれで迫力なのだけれど、美織の中で暴れ回るものと同じだと思うと、なんだか不思議だ。

「もっと強くていい。噛みついたりしないから、遠慮するな」

遠慮してるわけじゃないんだけど……。

しかし平然とした口調から官能にはほど遠いのだと思い、美織は指先に力を込めて、大きく上下に動かす。

「あっ……、倫太郎、さんっ……」

気づけば腰を引き寄せられ、スカートの中に道前の手が忍び込んでいた。勝手知ったるという動きで、指はショーツを引き下ろし、あわいに分け入る。蜜をまとった花びらを擽《くすぐ》られて、美織は身体を捩《よじ》った。

「き、今日は……私が……」

「ああ、任せてるだろう？　けど退屈だから、こっちも好きにさせてもらう」

退屈ってなに⁉　そりゃあ下手くそだろうけど……。

むっとして躍起になって手を動かすが、道前は美織の手で快感を得ているのだろうかと疑問を持つくらいなのに、道前に煽られる美織はすでに達してしまいそうだ。これではなにをしているのかわからない。

それでも愛撫されると、身体は率先して官能を貪《むさぼ》り、上りつめようとする。もはや道前を高めるというタスクも、意識から抜け落ちていたかもしれない。

あと一歩というところでふいに指が引いて、美織は思わずすがるように道前を見た。道前は濡れた指先を舐めて、挑発するような眼差しで見返す。

「やっぱり美織が欲しい」

「……っ、……」

昂っているところにそんな台詞を聞かされて、美織の心は大いに揺れた。いつもならなんの躊躇いもなく結ばれているところだ。

「……でも、激しく動いたら……」

道前の肉体が人並み以上に強靭でも、やはり今は安静が必要なはずだ。それを道前の機嫌を損ねないように、また美織自身も納得できるように、説明しようと言葉を探しているうちに、道前は美織のスカートと下着を取り去ってしまった。

「なにするんですか！　あっ……」

道前は自らの下衣も引き下ろし、猛々しいほどに滾《たぎ》ったものを露《あらわ》にした。

「だから美織が乗ればいい。俺はじっとしてる」

言葉の意味を理解して、美織は耳が熱くなるのを感じた。いわゆる騎乗位を要求されているのだろうけれど、したことがない。

「……でき、ません……したことないし……」

「いい機会じゃないか。それとも、俺がこんなに頼んでるのに嫌か？」

そう言われてしまうと、言葉が返せない。道前に従い、尽くすのが美織の信条だ。それでも道前がリクエストを撤回してくれるのではないかと密かに期待していたのだが、逆に腕を引かれて、その身体を跨《また》がされた。

「あっ……」

腰を落とし切らないうちに秘所に硬いものが触れて、美織はびくりとする。体勢が違うだけで、こんなに意識が変わるものだろうか。しかし柔らかな花びらを掻き分けられていくうちに、慣れ親しんだ熱と感触が伝わってきた。

時間がかかったせいか、ふだんよりも奥まで入っているような気がして、美織は困惑《こんわく》の眼差しを道前に向けた。

「重くないですか?」

「いや? むしろ重ければ、俺が動くのを押さえられたのにな」

「え? あ、約束したじゃないですか、動かないって」

道前は枕に背中を預けて軽く上体を起こしているので、これは厳密には対面座位というものだろうかと考えていると、腕が伸びて美織の薄手のニットとキャミソールが頭から抜き取られた。抗う間もなく、ブラジャーも取り去られる。

慌てて身体を隠そうとしたが、道前の腰に乗り上げている体勢なので、片手で胸元を覆うのが精いっぱいだった。パジャマの上衣に隠れて、どのあたりが傷なのかはっきりわからず、手のつき場所にも迷う。

「そろそろ始めてくれないか」

体内の道前が催促するように蠢き、美織はぎこちなく腰を揺らした。しかし座ったままというのは、思った以上に動けないものだ。これでは道前に快感を与えるなんて無理なのではないかと思ったとき――。

「ひ、あっ……」

鋭い快感を受けて、美織は背を丸めた。下腹に視線が落ち、道前の指が動いているのが見えた。部屋の明かりをつけたままなので、大きく開いたそこを指が刺激しているのが、薄い陰毛越しにわかる。道前の角度からはもっとはっきり見えるのではないだろうかと思ったら、羞恥以上に強い昂りを覚えた。

「あっ、あっ……」

逃れたいのか、もっとしてほしいのかわからなくて、美織は身悶《みもだ》えた。勝手に媚肉《びにく》がうねって、怒張に絡みつく。

「ああ、いいな……」

道前の声を遠く聞いた気がして、美織は感じるままに揺れた。隠すのも忘れた乳房が動きに合わせて弾み、それにも刺激を受けて乳頭が硬く尖《とが》る。道前の手で揉まれ、美織は上体を預けるように前傾した。

乳房を食《は》まれながら、抱えられた腰を揺らされて、美織は官能に呑み込まれていく。せめて少しでもと、道前のものを意識して締め上げた。

胸元で道前が小さく呻《うめ》き、身体の中のものが激しく脈打つ。

え……？　もしかして――――。

先に道前が達したのではないかと感じた。これまでいつも美織のほうが先で、それも複数回を経てから、道前は自らを解放するのがパターンだった。余韻と疲労の中でのことなので判断は怪しいが、乳房に頬を押し当てて荒い息をつくさまは――――。

ふいに道前が美織を睨むように見上げた。怖いというよりも、色気の強さにどきりとする。

「やったな」

え？　え？　どういうこと？　っていうか、そうなの？

問い返す間もなく、道前は美織の腰を強く摑んで突き上げ始めた。その激しさといったら、頑丈なキングサイズのベッドが軋《きし》みを上げるほどだ。

「あっ、そんなに動いたら――――んっ、あっ……」

しかし道前はまるで聞く耳を持たず、むしろ動きを大きくした。その行為に、美織ものめり込んでいった。

6

妻という形にしたから、その立場で振る舞おうとしている——当初はそんな印象が強かった。

もちろん恋愛感情の末ではないし、出会いを考えれば美織《みおり》が己の意思など表せなかったのは当然だろう。

道前《どうぜん》にしても、きっかけは猫を保護するのと大差ないものだった。そこから美織自身に惹《ひ》かれたのは早かったが、日増しに強まっていくその想いには、正直戸惑《とまど》うくらいだった。

同時に美織の気持ちが気になり、同じように思ってほしいと願うあまり、できるだけ極道の面を見せないようにした。若い女がリアルヤクザを好むはずがない。

襲撃を受けたときには、ケガよりも美織がどんな反応をするかのほうがずっと気になった。やはりヤクザなんて怖い、無理だと逃げ出されるのを、なによりも恐れていた。道前はとうに、美織以外の女など考えられなくなっていたのだ。

しかし美織は少しずつ、こちらの世界に溶け込もうと、彼女なりに努力していたようだ。

理解しがたいことも多かっただろう。その最たることが、危険とわかっていても信念や矜《きょう》持《じ》を通そうとするところで、襲撃の報復をして帰ってきた際には、美織のほうが今にも卒倒しそうな顔をしていた。

撃たれたのにまったく懲《こ》りていないとか、さすがに恨み言を言われるだろうと覚悟した。しかし泣かれたらつらいと思いながら、あえて軽く先手を打ったのだ。

『ちゃんと帰ってきただろう？』

美織は深く息を吐いて、道前に頭を下げた。

『おかえりなさい。お疲れさまでした。ご無事でなによりです』

美織なりに精いっぱいの嫌味だろうかと一瞬思ったが、今にも涙が溢《あふ》れそうな目を見て、そうではないと知った。

『文句があるんじゃないのか？』

道前の問いに、美織はかぶりを振った。

『すごく心配しました……でも、信じて帰りを待つと決めたので。倫《りん》太《た》郎《ろう》さんが生きる世界で……一緒にいたいから――』

最後まで聞かずに、道前は美織を抱きしめた――。

あの言葉を聞いて、美織は道前のそばにずっといてくれるという確信を得た。若頭として動く道前の立場を認めて、その嫁として生きてくれるのだ、と。

それが確かめられないうちは、便宜上嫁として接しても、実際に籍を入れずにいた。美織が離れたいと思ったときに、戸籍を汚したくなかった。それくらいしか、道前にはできない。

――――が、今は違う。

名実ともに美織を妻にするつもりだし、死ぬまで手放す気はない。

道前は間違っても自分が恋愛体質だと思ったことはないし、この世界には他にもっと重要な意識や繋がりがあると思っていた。

しかし美織に対する愛情は、それと並ぶ。もはやこの気持ちが欠けては、自分ではないとすら思う。

祖父に入籍の意思を打ち明けたところ、たいそう喜んでくれた一方で、年内に済ませろと急かされた。

委任状を使って弁護士に必要書類を集めてもらい、それが揃ったと聞いたので、その日、道前は事務所奥の屋敷に向かった。

「こちらが戸部《とべ》美織さまの戸籍謄本と住民票です。そしていわゆる婚姻届け――――記入が終わりましたらご連絡ください。代理でお手続きいたします」

父親経由で追われるのを防ぐために、美織の住民票は他県にある道前家所有の一軒家に移してあった。別荘地だが現在は廃れた地区のあばら家なので、襲撃があっても近隣に影響はない。

道前の書類も用意済みで、サインをすればすぐにでも提出できる。

道前が美織の戸籍謄本を見ていると、祖父が老眼鏡を手ににじり寄ってきた。

「どれ、見せてくれ」

「どうせすぐに新しくなるぞ」

夫婦の戸籍ができれば、美織も父親の戸籍を見る機会は減る。今のところ健在ということになっているが、いつ死亡したとしてもごまかすのは容易い。

そんなことを考えていた道前の手から、祖父が謄本を奪った。

「祖父さん！」

「うぬ……これは……」

咎《とが》めようとした道前は、祖父の表情を見て眉を寄せた。

「なんだよ？　おかしなところがあるか？」

「……この、死んだ母親……灯里《あかり》だと？」

今度は道前が祖父の手元を覗き見る。四年前に交通事故で亡くなったという美織の母親は、たしかに灯里という名だ。墓参したときに、美織からも直接聞いている。

「それがどうかしたのか？」

祖父の目は道前の顔と書類を何度も行き来してから、固く瞑《つむ》られた。

「どうりで面影があったはずだ……」

唸《うな》るような言葉に、道前は祖父の手から戸籍謄本を奪い返した。

「なにを言ってるんだ？　まさか知り合いなのか？」

それこそ奇遇としか言いようがないが、いったいどんな関わりがあったのだろう。

祖父は膝の上で拳《こぶし》を握りしめたまま、ゆるゆるとかぶりを振った。

「……灯里は……昔俺が世話をしていた女だ……」

「は……？」

祖母を亡くして以来、祖父の女性遍歴が華やかだったのは承知している。道前が引き取られたころも、たびたび外泊をしていたし、華やかに装った女性が姿を見せたことも、一度や二度ではなかった。

しかし美織の母親と……？　どういう経緯なんだ？

そもそも美織から聞いた限りでは、母親というのはかなり地味というか、よく言えば貞淑《ていしゅく》なタイプだったようで、ヤクザの組長と知り合うような機会もなさそうだが。

「……たまたま同じ名前なんじゃないのか？」

いちばん可能性が高そうだと、道前はそう言ったのだが、祖父は謄本を指さした。

「旧姓が木下《きのした》とあるだろうが！　それも同じだ。生まれ年も聞いていたのと同じ――」

祖父の剣幕に押され気味になり、道前はとりあえず頷《うなず》く。

美織の母の灯里が祖父の愛人だったのが事実だとしても、それが自分たちの結婚に直接影響があるわけではない。まあ、かなりの偶然だと思うし、少々気恥ずかしいような気もするが。以前、「好みが似ている」と祖父が言っていただけに。

しかし、それだけのことだ。灯里はもう亡くなっているのだから、顔合わせで祖父と出くわすこともない。

それにしても祖父の反応が大げさな気がする。今も膝の上で拳を握りしめたまま、座卓の上を睨《にら》み据《す》えているのだ。心なしか唇《くちびる》が震えているようにも見える。

祖父も高齢なので、あまり興奮させるのもよくないだろうと、道前は声をかけた。

「そんなに気にすることじゃないだろう。考えようだ。そのくらい縁があったんだと思えば──」

「俺の娘だ」

「は──？」

いきなりなにを言い出すのかと、道前は真っ先に祖父の頭を心配した。

娘って……誰が？　美織が？　いや、俺の嫁なんだから、あえて言うなら孫娘だろう。そういう言い方もあまりないと思うが……。

「祖父さん、なに言ってるんだ？」

道前が肩にかけた手を振り落とすように、祖父はキッとこちらを向いた。

「美織さんは……俺と灯里の娘だ」

道前は声もなく祖父を凝視した。何度確かめようとしても、言葉が頭を通り過ぎていく。いや、祖父がなにを言ったかはわかる。しかしそれはとうてい聞き入れられることではなく――。


「……つまらない冗談だ」

「こんなことで冗談なんか言うか！」

「じゃあ、ちゃんと説明しろよ！」

道前も声を上げ返すと、祖父はすっかり冷めたお茶を飲み干して、深くため息をついた。

赤坂のクラブで働いていた灯里を見初《みそ》めた祖父の徹治《てつじ》は、足繁くそのクラブに通った。当時二十歳の新人ホステスの太客となった徹治に、灯里は感謝して仕事の枠を超えたもてなしをしてくれるように感じた。

あるとき素性がバレて、徹治は嫌厭《けんえん》されるのも覚悟したが、灯里は「なにをしてたって徹ちゃんは徹ちゃんでしょ」と変わらぬ態度で接してくれた。

徹治は思い切って、灯里の世話をしたいと打ち明けた。四十も年下の若い女に、と思いもしたが、伝えなければ後悔すると思った。

灯里は驚いていたが、徹治を受け入れてくれた。ひとつ条件を出されたのは、ホステスの仕事を続けたいということだった。

週に何度か灯里のマンションへ通い、売り上げが減っては肩身が狭かろうとクラブにも顔を出し――そんな生活が一年余り続いたある日、灯里から突然別れを切り出された。

なんと言っても歳が違いすぎる。いずれ破局が訪《おとず》れると予想してはいたものの、理由を問い質さずにはいられなかった。

『赤ちゃんができたの。私は徹ちゃんがヤクザでも平気だけど、子どもは守らなきゃいけない。だから徹ちゃんから離れて、ひとりで育てたいの』

なにも言い返せなかった。今さら堅気《かたぎ》になるなど無理な相談だ。しかしこの歳で子どもを授かったとなれば、灯里ともども手放さなければいけない。

表向きは縁を切り、どこか離れた場所で生活を見守りたいと、その日は灯里に告げた。

しかし翌日再訪すると、マンションはもぬけの殻だった。携帯電話も繋がらなかった。祈るような気持ちで、それまで手当てを振り込んでいた口座に送金すると、それはまだ生きていた。追加でまとまった金を送り、翌月また振り込みをすると、口座は解約されていた――。

「金を送るだけでもかまわなかったんだ。それすらできなくなったときは、ショックだったなあ……」

思い出したように煙草《たばこ》に火をつけた祖父の姿に、道前は我に返ったように目を瞬いた。浮名を流すばかりだったと記憶しているが、祖父にまさかそんな過去があったとは想像もしていなかった。

たしかに隠し子の二人や三人いるとか言ってたが、あんなの口げんかの弾みのでまかせだろうと思っていた。実際にそれらしい影もなかったし――――。

「……しかし、こう言っちゃなんだが、赤ん坊が無事に生まれたかどうかはわからないだろう。そもそも妊娠が事実だったかどうか……興信所を使って追いかけなかったのかよ?」

道前の問いに、作務衣の上から綿入れ半纏《はんてん》を羽織った祖父は、腕組みをして俯《うつむ》いた。

「あの速さで消えたってことは、灯里の意思は固いんだと思った。見つけ出して連れ戻しても、恨まれるんじゃないかと正直怖かった。それに……そばに置いておいて、絶対に守れるとは言い切れん。目の当たりにするのは、もう耐えられなかった」

道前の両親――祖父にとっては息子夫婦のことを言っているのだろう。ふたりの死から十年も経っていないころのはずだと思って、道前は戸籍謄本を座卓に広げた。

「もう一度見てくれ。美織の両親が結婚したのはこの年だ。数か月後に美織は生まれてる。祖父さんのとこから女――――灯里が逃げたのは――――」

「この年の正月だ。忘れもしない。三が日が過ぎてようやく出かけられると思ったら、おまえがおたふく風邪にかかったんだ。種なしになったら一大事と病院に駆け込んで、出かけるのが遅れた。あれがケチのつき始めだ」

「それは今関係ないだろう!　じゃあ……」

灯里は身ごもったまま戸部と結婚したということなのか。そして美織が生まれた――――

計算は合う。実子として届けられているのは、戸部も自分の子だと思っていたからなのか。

しかし、どうにも納得できなかった。美織から聞いた母親の印象と、祖父が語った灯里のイメージが一致しないのだ。どちらにも会ったことがない道前の感覚など、当てにならないと言われればそれまでだが。

……いや、納得がいかないのはそんなことじゃなくて――。

「戸籍上の問題はないが……美織さんとおまえは叔母甥の関係だ」

あえて感情を消し去ったような祖父の言葉に、道前は打ちのめされる心地だった。三親等内の婚姻は民法で認められていない。

祖父が言ったように、道前と美織は戸籍上なんの関係もない他人だから、公にならなければ問題はない。事実を証明しようとすればＤＮＡ鑑定くらいしかなく、それを誰が望むだろうか。

正直なところショックが大きすぎて、現実味に乏《とぼ》しく、だから道前の美織に対する気持ちは、今もなんの変化もない。伴侶にするなら、美織以外は考えられない。いや、美織を離したくない。

幸いにも事実を知るのは道前と祖父だけだ。道前はちらりと祖父を窺《うかが》った。新しい煙草に火をつけた祖父は、ぼんやりとそれを灰にしている。

一人息子を失った祖父に、これまで生きているのかどうかもわからなかった娘の存在が明らかになった。こんな状況でなければ、すぐにでも手元に呼び寄せて、残りの人生をともに過ごしたいだろう。

道前と美織が結婚したとしてもそれは叶うが、父娘の名乗りをあげられるのとそうでないのとでは、やはり違うと想像はつく。

両親を亡くした道前を引き取って育ててくれた恩義は感じているが、祖父のために美織を諦《あきら》める気にはとうていなれない。

「……祖父さん――」

道前は我知らず凄みを利かせて祖父を見据えた。

「この件、口外無用だ」

祖父は痛ましそうに道前を見返した。軽く揺れた指先から、煙草の灰が座卓にこぼれ落ちた。

なにがあろうと今さらだ。すでに道前の心は決まっている。美織以外は欲しくない。美織だけが欲しい、どうしても。

しかし――美織はどうなのだろう。

伝える気はないが、万が一知ってしまったとき、美織はどうするのだろうか。

◇

かすかな物音を聞いた気がして、美織は浅い眠りから覚醒した。道前が帰宅したようだ。枕もとのスマートフォンで時刻を確かめると、深夜を回っている。

今日もこんな時間……。

最近の道前は帰りが遅い。はじめのうちは夕食の支度を整えて、起きて待っていた美織だったが、

『先に休んでいてかまわない。食事もしばらく食べないと思うから、俺の分は用意しなくていい』

と言われてしまった。

ゆっくり会話する時間もなくて少し寂《さび》しいけれど、忙しいなら仕方がない。ただ、食事をちゃんととっているのか、睡眠時間は足りているのか、体調に変化はないのかと気にかかる。

こういうときこそ美織が手伝えればいいのだが、あいにくできそうなことはない。それが申しわけない。

でも……入籍したら、名実ともに奥さんになるわけだし、そうしたら組のお仕事も少しは教えてもらえるよね？

入籍は年内の予定と聞いていたが、もう今年も残すところ半月だ。今さら慌《あわ》てはしないけれど、ちょっと気になる。

美織がベッドを降りるのと、道前がドアを開けたのとは同時だった。顔を見合わせ、美織は「おかえりなさい」と笑顔を向けたが、道前は狼狽《うろた》えたように視線を逸《そ》らした。

「……まだ起きてたのか。朝が早いんだから、寝てていいのに」

せめて朝食くらいは手料理を食べてほしいので、早起きしてごはんを炊くことから始めている。つい張り切って、作りすぎてしまうのが悩みの種だ。

「ちょうど目が覚めたとこで……あ、お腹空《す》いてませんか？　なにか軽食でも——」

「いや、いい。風呂に入ったら寝るから」

そう言ってスーツの上着とネクタイをソファの背にかけた道前は、バスルームへ向かった。

「あの——」

美織の声に、道前は足を止めて振り返った。

「私、別の部屋で休んだほうがいいですか？　ゆっくり眠れないんじゃ——」

道前は少しだけ眉を寄せてふっと笑う。

「温まった布団のほうがよく眠れる」

……そう、なのかな？　それならいいんだけど……。

なにもできないから、せめて邪魔はしたくないと思いながら、美織はベッドに潜《もぐ》り込んだ。道前のスペースもしっかり温めておこうと手を伸ばし、ついでに身体も移動する。道前に触れられない代わりに、シーツを指先で撫《な》でた。

ずっとしてないな……もう一週間？

世間的にどのくらいの頻度がふつうなのかわからないけれど、これまでほぼ毎晩のペースだったから、それがぷつりと途絶えてしまうと、もの足りないような寂しいような。

もっ、もの足りないって……はしたない。倫太郎さんが知ったら呆《あき》れられちゃう……。

いや、そんなことを聞いたら意地になって、美織が音を上げるまで攻め立ててくるかもしれない。想像して、身体の奥がぼうっと熱を帯びる。

だめだめ、今は忙しいんだから。倫太郎さんにはしっかり休んでもらわなきゃ。

明朝は体力がつきそうな献立にしようと考えながら、美織は目を閉じて眠ろうと努めた。

――わずかにベッドが揺れた気がした。しかし、眠りに落ちた瞼《まぶた》は上がらない。もうずいぶん時間が過ぎたような気がするが、道前はずっと風呂に入っていたのだろうか。

隣に道前の身体が滑り込んできて、腕や肩が掠《かす》める。ふとボディソープの香りがして、頬に吐息を感じた。湯上がりの湿った体温が近い。

美織の意識は急浮上し、それはかりか胸を高鳴らせた。久しぶりに道前が触れてくれるのだろうか。しかし、睡眠時間が減ってしまうのではないかと気がかりだ。

そんな葛藤の中、目を開こうかどうか迷っていると、ふいに道前は身を反転させた。美織に背を向けて枕の位置を探り、やがてポジションが決まったらしく、小さく息をついて動かなくなった。

しんと静まった部屋に、徐々に道前の規則正しい寝息が聞こえてきた。

……そう、だよね……疲れてるに決まってる……。

セックスしなくても、ただ抱きしめていてくれるだけでもいいのだが、道前がゆっくり休めなくなるのは本意ではない。それでも寂しく思ってしまう自分に、落ち着けばまた変わると言い聞かせるしかなかった。

しかし美織の希望に反して、遅い帰宅と触れ合えない日々が続いた。

それだけではなく、道前の態度が素っ気ないように感じる。会話も極端に減って、貴重だった朝食の時間すら無言が多い。昨日と今日は朝食もいらないと言って、迎えの車に乗ってしまった。

さすがに忙しいことだけが理由ではないのではないかと、美織も思い始めた。なにか道前の意に染まないことをしてしまっただろうか。しかし道前は、なにも言わずに無視をするタイプではないと思う。

でも……避けられてるよね……？

美織を避ける理由があるとすれば、それはもう飽きたということなのではないだろうか。

そもそも最初から、道前が美織を選んだことが不思議だったのだ。ヤクザの若頭としても、ひとりの男としても、道前に美織はふさわしくないのではないか、と。

しかし猫を見捨てておけない道前だから、美織のことも同じように憐《あわ》れんで救ってくれた

のだと思った。ヤクザとしての顔がどんななのかはほとんど知らないけれど、優しさや頼もしさを感じて惹かれた。

そのころは道前が美織をどう思っているかなんて、問題ではなかった。初めての恋で、自分の心に戸惑うばかりだったし、道前の魅力が増す一方に感じられ、そんな彼と自分が恋愛関係になれるなんて思えなかったのだ。恐れ多い、という言葉がいちばんしっくりくる。

身体を求められて、少なくともそのくらいの興味は持たれていると知っても、改めて結婚を持ち出したのは、状況から見てそれが適していると判断したからだろうと思った。

それでも嬉しかった。道前がいたからこそ美織は救われて、新しい人生を歩むことができたのだし、誰よりも好きな相手の妻になれるのだ。道前に尽くして、少しでも長くそばにいられたら――そう願うばかりだった。

ある意味自己完結していたのだと思う。立場が決められていくことによって――身体を重ね、妻というポジションを与えられて、恋が実った錯覚をしていた。

もちろん、まったくの勘違いではないだろう。妻にすると言った以上、道前は美織を伴侶として扱《あつか》い、それにふさわしい愛情も注いでくれた。もしかしたら世の中の夫婦でも、自分たちより形式的でドライな関係はあるかもしれない。

いや、美織は道前に愛されていると思っていた。実際に向けられる情熱や気づかいといった愛情を感じて、恋はたしかに成就したのだと幸せだった。

――――が、それは永遠ではないのかもしれない。恋人同士が別れ、離婚する夫婦も日常的にいることを思えば、心変わりなんてなんら珍しくはないのだろう。

だから……倫太郎さんも……。

そもそも美織は容姿も中身も平凡だ。望めばいくらでも美女が手に入るだろう道前にとって、少々毛色が変わっていて新鮮だったのかもしれないが、見慣れればもの足りなくなって当たり前だ。

状況が変わりつつある中で、しかし美織の心だけが変わらない。いや、道前に恋焦《こ》がれる気持ちが強くなる。

別れるなんて、嫌……好きなのに……このままでいられるなら、なんでもするから……お願い……。

しかし、もう遅いのではないかという懸念が、美織に襲いかかる。ベッドに横たわった互いの距離が、日に日に開いていくのを感じている。それこそが、道前の美織に対する気持ちの表れなのか。

その夜、帰宅した道前は珍しく美織の肩に手を置いて、軽く揺らした。玄関ドアが開いたときから、いや、その前から眠れずにいた美織は、目を覚ましたふりで道前を見上げた。あさましくも抱いてもらえるかと期待もした。

しかし美織を見下ろす道前は、少し眉をひそめていた。

「起こしてすまない。明日から数日留守にする」

「えっ……」

顔を見ることもできないのかと、美織は悲しくなった。しかしそんなそぶりを見せたら、道前によけいに疎《うと》まれそうで、小さく頷く。

「不用心だから、おまえも芝《しば》に泊まれ。朝、リュウが迎えに来る」

それだけ言うと、道前は毛布を引き上げて美織の肩を包み、踵《きびす》を返してバスルームのドアへ向かった。


翌朝、美織が起き出すと、朝食作りを制するように「コーヒーだけでいい」と声がかかり、道前も出かける支度を始めたようだった。

コーヒーメーカーをセットしてから、外出の支度をして荷物をまとめる。ボストンバッグを手に階下へ向かうと、すでに玄関フロアに道前の荷物が置いてあって、本人はリビングでコーヒーを飲んでいた。

「あ……ありがとうございます」

美織のカップが置いてあるのを見て、向かいのソファに座る。

どこへ行くんですかとか、訊《き》いたら鬱陶《うっとう》しいかな……。

道前に遠ざけられているのではないかと感じてから、話しかけるのも怖くなっていた。これ以上少しでも関係が悪くなってしまったらと思うと、身動きもするのも怖い。

どこに入ったのかもわからないままカップを空にしたころ、外でクラクションが響いた。

「リュウくん……？」

目上の者を呼ぶなんてなにさまだという教えに従っているリュウは、これまで迎えに来たときにクラクションを鳴らしたことはないが、美織ははっとして立ち上がった。

「いや、違うだろう。俺だ」

道前も腕時計を見ながらリビングを出る。ということは、道前が乗る車を運転するのは組員ではないのだろうか。

美織が後を追うと、道前は玄関で靴を履《は》きながら振り返った。

「予定外にこっちが先に出ることになったが、間もなくリュウも来るだろう。ああ、見送りはいい」

「でも――」

そのときスマートフォンの呼び出し音が鳴り、美織が操作している間に、道前はドアを開けて出ていった。

『おはようございます。今、着いたんすけど、門の真ん前に真っ赤な車が停まってましてー

——あっ、カシラ？』

「リュウくん、私もすぐ出るから！」

　ざっと戸締りと火の元を確認して、美織は玄関を飛び出した。門扉《もんぴ》に手をかけると、道前の声がした。

『近所迷惑な音を鳴らすな』

『あら、路駐で逆に迷惑するじゃない。荷物それだけ？　自分の膝に乗せて』

『はあ？　トランクに入れさせろ——なんだ、この小物入れみたいなスペースは。しかも空《あ》きがないじゃないか』

『女は荷物が多いのよ』

　さすがに相手が女性だとは予想もせず、美織は愕然《がくぜん》としながらそっと門扉を開いた。リュウの言葉どおり鮮やかな色のスポーツカーが見え、道前が後部のトランクを閉めるところだった。左ハンドルの運転席には、サングラスをかけたショートカットの女性がいる。シンプルな黒いスーツを着ているが、赤く塗られた唇とネイル、大ぶりのピアスが印象的だ。

　道前が乗り込んで助手席のドアが閉まると、車は野太い低音を響かせて走り去った。

　十数メートル後方にいた白い大型ワンボックスカーが、入れ替わるようにして門前に停止する。車から降りたリュウは、身軽い動きで門前の階段を駆け上がり、半端に開いていた門扉を開け放って、ぎょっとしたように後ずさった。

「みっ……美織さん……もう出てたんすか。あのっ、……ええと、見ました？　車。っていうか、中────」

美織がぎこちなく頷くと、リュウは門に片手を当ててかぶりを振った。盛大なため息を洩らした後で、美織に向き直る。

「変な想像しちゃだめっすよ？　そりゃうちのもんは誰もお供してないすけど、出かけるって公言してったんだし────ほら、美織さんのことも本邸に頼んでったじゃないすか。プライベートなら、そんな堂々としてないでしょ」

リュウの言い分ももっともだと思うけれど、プライベートでないならなぜ女性とふたりなのかと逆に思ってしまうのだ。仕事関連で女性が同行することなどあるだろうか。いや、そもそも仕事なら組員が道前についていかないはずがないし、行き先や用向きを知らないはずもない。

それに……とても親しそうだった……。

女性の口調は遠慮がなくて、でも親しみが感じられて────気が合って仲もいい、そんな印象を強く受けた。美織は道前に対して、あんなふうにはとても振る舞えない。

やっぱりもう、だめなのかな……でも、嫌だ……こんなに好きなのに……。

好きだからといって、我を通す理由にはならないとわかっている。本当に道前のことを想うなら、美織といるよりも他の人と一緒のほうが道前が幸せなら、身を引くという道だってある。道前に尽くしていこうと思っていたなら、それこそが美織の選ぶべき方向なのだろう。

どうしたらいいの……。

車に乗った美織は、ボストンバッグを抱えて俯いた。

途中、老舗の団子屋で手土産を買ってから、事務所へ向かった。美織が顔を出すと組員たちは歓迎してくれたが、どことなく気まずそうにも見えたので、挨拶《あいさつ》もそこそこに土産を渡して奥の屋敷へ移動した。

「お待ちしていました。お久しぶりですね」

迎えてくれたのは園井で、彼も道前の不審な行動は承知だろうが、さすがにおくびにも出さずにこやかだ。

「こんにちは、お世話になります」

美織が訪れるとすぐに玄関まで出てきて歓迎してくれる組長が、まだ姿を見せない。

「あの……お祖父さまは？　お出かけですか？」

訊ねると、園井《そのい》は初めて表情を曇らせた。

「いえ……ちょっと体調を崩されてまして――」

「えっ？　お加減は？　いつからですか？」

道前からまったく知らされていなかったので、驚いて矢継ぎ早に質問する美織に、園井はやんわりと手のひらを向ける。

「なにぶんご高齢ですから、寒さがこたえたようで」

「私、知らなくて……すみません、そんなときにお邪魔してご迷惑なんじゃ……」

「なにをおっしゃるんですか。むしろ美織さんのお顔が見られたら、お元気になると思いますよ。後で見舞って差し上げてください」

組長が寝込んでいるとは予想外だったが、ある意味都合がよかった。一緒に過ごして、ずっと明るく振る舞い続ける自信がなかったのだ。

それに――――。

美織は客間に案内してもらうと、園井が屋敷から出たのを見計らって、ボストンバッグから取り出したものを手に部屋を抜け出した。向かったのは縁側廊下を進んだ奥にある、組長夫人の居室だった座敷だ。

音をたてないように障子戸を開けて、桐箪笥《きりだんす》の前に座り、手にしていたものを畳の上に置く。東雲《しののめ》色の加賀友禅《かがゆうぜん》は組長からもらったもので、一度だけ袖を通した。孫の結婚相手だからと託してくれたのだろうが、美織が持ったままではいけない気がしたのだ。

箪笥に戻す前に畳み直していて、ふと視線を感じた。美織が振り返ると、障子戸の向こうに組長が立っていた。浴衣に丹前を羽織っているが、素足でスリッパも履いていない。

「お祖父さま……！　お加減はいかがですか？　裸足じゃないですか。お休みになっていたほうが――――」

美織が動くよりも早く、組長は座敷に入ってきて、美織の前に膝をついた。そのまま両手もついて、額が畳に擦れるほど頭を下げる。

「お、お祖父さま……？　なにを……」

「すまない、すべて俺の不徳のいたすところだ」

意味がわからない。組長に謝られるようなことがあるはずもなく、もしかして不調は頭のほうなのだろうかと、美織はふと疑ってしまった。

「謝っていただくことなんてありません。お祖父さまにはとても可愛《かわい》がっていただいて——あ、これはその……やはり私なんかがいただくことはできないと思って、いったんお返ししようかと——」

「あんたは俺の娘だ」

「……は……？」

加賀友禅がここにある言いわけを考えていた美織は、組長の言葉に目を瞬いた。孫の嫁である美織を娘だなんて、これは本当に異変なのではないかと、園井を呼ぼうとしたとき——。

「あんたの母親の灯里を、昔世話していた……俺の前から姿を消したとき、灯里は身ごもっていた。その年の夏、あんたは生まれたんだ」

……なに……？　どういうこと？　なにを言ってるの……？　私が、お祖父さまの娘？

お祖父さまとお母さんの間にできた娘……？

言葉もない美織に、組長は途切れ途切れながらも詳しく経緯を話してくれた。しかし後半は、ほとんど頭に入ってこなかった。なぜなら途中で、自分と道前が叔母甥の関係に当たると気づいてしまったからだ。

三親等は結婚も許されないほど近い血縁だ。美織はそんな相手を愛して、身体を重ねてしまった。

「知らなかったとはいえ、あんたをつらい目に遭《あ》わせてしまった。今となってはたったひとりの大事な娘なのに……謝ってどうなることでもないし、逆に苦しめるだけかもしれんが……それでも黙っていられなかった」

――どうやって座敷を出て、客間に戻ってきたのか、美織はまったく覚えていない。組長になにか言ったのか、それともまるで無視してしまったのか、それも記憶になかった。

私と倫太郎さんが……叔母と甥……。

衝撃の事実を何度となく思い返していたとき、美織ははっとした。組長が知っていたということは、道前もまたこの事実を知ってしまったのか。だから美織を遠ざけようとしていたのでは――。

暫定的な関係だとしても、さすがに血縁を妻にするのは論外だろう。知らなかったとはいえ、肉体関係を結んでしまったことに嫌悪感を抱いても仕方がない。それが、道前が急激に離れていった理由なのか。

道前ははじめから美織を妻にすることに積極的だったけれど、それは美織を父や取り立てから守る口実だったはずだ。道前の意識としては、猫を保護するのと大差なかった。

その手段として持ち出したくらいだから、道前は結婚という形にさほど重きは置いていないのだろう。思いがけず恋愛感情にまで発展したから、入籍まで進めようとしたけれど、叔母甥という事実発覚で、その意思はあっさりと翻《ひるがえ》ったのだ。

帰宅が極端に遅くなったのも、家にいても極力関わりを避ける様子だったのも、美織との関係を解消したくて、他の誰かと上書きしていたのかもしれない。

赤いスポーツカーに乗った女性が、ふいに脳裏に蘇《よみがえ》る。イケメンの道前に似合いの、洗練された雰囲気の人だった。道前の隣にふさわしいのは、本来ならあんなタイプの女性なのだ。

あんなふうに新たな関係を築きながらも、美織を家に留まらせ、事実に口を噤《つぐ》んでいたのは、あまり道前らしくないように思うけれど、組長のプライベートが大きく関わっている以上、自分からは言い出せなかったのかもしれない。あるいは、組長のほうから美織に打ち明けるから、それまで待つように言われたか。

……それが、このタイミングだったんだ……。

部屋の片隅で、美織は膝を抱えた。これからどうすればいいのだろう。

どうするもなにも、今までのようには暮らせない。道前と離れなければならない。すでに道前の気持ちは美織になく、むしろ美織が出ていくのを待っているに違いないのだ。

まだ衝撃の最中にいるから実感がないのか、叔母と甥だとわかっても美織の道前への気持ちはなにも変わらない。道前と一緒に幸せになりたいと思っていたけれど、それが叶わないなら道前だけでも幸せになってほしい。

だから……私にできるのは……。


昼は近くの蕎麦《そば》屋の出前、夜は料亭の仕出し弁当というメニューだったので、食事は客間で取った。組長が寝間で済ませるというのでそうなったようだが、誰とも顔を合わせられる気分ではなかった美織には幸いだった。

一応、食事の支度を申し出たのだが、「食材も揃っていないし、ゆっくりしてください」と園井に断られた。

スマートフォンをそばに置いて眠りについたが、道前からの連絡はなかった。まんじりともせずに朝を迎えて、美織はようやく決心を固めた。

出ていこう――――。

自分はもう道前にとって不要だ。いや、近くにいては迷惑な存在だ。今はまだそこまでの態度を見せない道前だけれど、いずれ疎ましさが隠し切れずにそんな目で見られるなら、消えたほうがましだ。

組長にとってはたったひとりの娘ということになるが、今になって発覚したぽっと出の美織より、幼いころに引き取って育て、今や義道組の跡継ぎの道前のほうが、よほど必要で情もあるだろう。

それに母は組長を騙《だま》したようなもので、その血を引く美織に対しては、複雑な思いのほうが強いのではないだろうか。

外に出るまでにはどうしても誰かの目に触れるので、怪しまれないように美織は荷物をできるだけ小さくまとめ直した。

昼食のうな重を持ってきてくれた園井に、平静を装って訊ねる。

「午後からちょっと出かけていいですか?」

「お買い物ですか?　それならリュウをつけましょう」

止められはしなかったが、当然のことのようにそう返されて、美織は慌てた。監視されては逃げられない。

「いいえ、忙しいのに煩《わずら》わせては申しわけないです。それに近くまでですから、電車に乗ればすぐ——あ、なんだったらタクシーを使って——」

そうだ。タクシーなら真っ直ぐ品川まで行って、そこから新幹線に乗れば——いや、待って。まさかタクシーを追跡したりしないよね？

そんなことを考えていると、園井が首を振った。

「そういうわけにはいきません。カシラから任されているんですから」

「でも……」

しかし聞き届けてはもらえず、美織は仕方なく小さなバッグだけを持つことにした。

「美織さん、こっちっす！」

数寄屋門《すきやもん》の格子戸《こうしど》を開くと、事務所裏に並んだ車のそばで、リュウが手を振った。美織はぎこちない笑みを浮かべて近づく。

「お買い物だって聞いたんで、このセダンでいいすか？　乗り切らないくらい、いっぱい買っちゃいます？」

「充分よ。よろしくお願いします」

車を動かしたリュウは車道に出る前に、ミラー越しに後部席の美織を見た。

「で、どちらまで？　銀座？　青山？」

「ええと、そうね……まずは銀座へ」

最初に銀座のデパートでリュウが車を駐車する間に、美織は先に店内に行くと言って撒《ま》くつもりだった。しかしリュウはそれを許してくれず、パーキングからともに店内へ向かう。

「なにを見ます？」

「ええと……」

特に買い物の予定などなく、まして欲しいものもない。だいたい今から立ち去ろうとしている身で、自分のものなど買えるはずもない。

仕方なく美織はメンズフロアをうろつき、道前のものを選ぶことにした。道前が使ってくれれば無駄にならないだろう。

でも……なにを買えばいいのか……。

考えてみれば、美織は高価なものをずいぶんと買ってもらったけれど、道前の買い物には付き添ったこともなかった。しかし高級品やブランド品に疎い美織でも、上質でセンスがいいものを道前が身に着けているのはわかる。

とりあえずネクタイなら数があっても邪魔にはならないだろうし、サイズを気にする必要もないと、フロア中央の売り場に目をやると、リュウの声がした。

「あ、これ。このコート、カシラのと同じすね。あー、やっぱカッコいいなあ」

有名ブランドのショウウィンドウにディスプレイされた、漆黒のカシミアロングコートは、たしかに美織も見た覚えがある。道前が羽織っていたときのほうが数倍よく見えたなと思いながら近づき、告知する気があるのだろうかと思うくらい小さく、隅のほうに置かれたプレートの価格表示にぎょっとした。見間違いかと、何度もゼロの数を数えてしまう。

そんな美織の様子に気づいて、リュウが宥《なだ》めるように首を振った。

「いいんすよ、バカ高くても似合うんだから。高級品に中身が負けてないってことでしょ」

その言葉に納得はしたものの、もう美織は勝手に道前のものを買う気がしなくなっていた。おそらくこだわりもあるだろうし、そこに美織が選んだものなんて紛れ込ませられない。しかも、道前のクレジットカードを使ってなんて。

美織がエスカレーターのほうに向かうと、リュウが追いかけてきた。

「買わないいんすか？」

「倫太郎さんのはやめる……リュウくん、なにか欲しいものある？」

美織個人の現金も多少は残っていた。というか、道前と出会って以来、一銭も使っていない気がする。

リュウにはいろいろと世話になったから、礼がしたい。

「へ？　俺すか？　パンツ買い替えなきゃとは思ってますけど、ウニクロでいいんで――

――」

「パンツ……ボクサーショーツでいいのかな？　あっちにあるみたい」

「みっ、美織さーん！」

美織はふらふらとアンダーウェアの売り場に踏み込んだ。知りたくもなかった己の素性を知ったことによる道前との決別で頭がいっぱいで、男性下着売り場をうろつく抵抗感どころか、自覚もない。

「リュウくんシャツとか派手な柄やポイントが多いから、こういうのがいいんじゃない？」

「好きです、好きですけど、どうして知ってるんすか⁉」

「じゃ、色違いで二枚プレゼント」

「ありがとうございます……けど俺、カシラに苛《いじ》められるんじゃないでしょうか……」

上りエスカレーターで運ばれている間に、いまだにリュウを撒けていないと思い出した美織は、次のフロアに降り立った。日用雑貨が並んでいるが、銀座のデパートで風呂のふたやポリバケツを購入する客はいるのだろうか。

……あ、そうだ！

これこそ使えるのではないかと、美織はリュウにカートを持たせて、特大のダストボックスを複数購入した。

「リュウくん、これいったん車に積んできてくれる？　私、その間に化粧品を――」

「それならコンシェルジュに預かってもらっときます？　帰りに駐車場で受け取れるっしょ。それとも急ぎでないなら、配送頼みます？」

えっ、なに？　そんなことしてくれるの……？

ここでも振り切るのは無理なようだと、美織は肩を落とした。

「化粧品はまた今度にするわ……」

二時間以上回ったのに、けっきょくデパートでは、リュウの下着とゴミ箱を買っただけだった。リュウには失礼だが、わざわざ銀座のデパートで買うものだろうかと、美織は後部席でため息をついた。

「疲れちゃいました？　どっかでお茶でもしますか？」

リュウが気づかってくれるが、焦《あせ》る美織はそれどころではなく、どうやって逃げ出すかを必死に考え、口を開いた。

「ううん、お茶はいい。それより猫カフェに寄ってくれる？　久々に会いたいの」


「あっ、美織さん。お久しぶりですね。ひょっとして、オーナーがまた猫を保護したんですか？」

顔馴染みのスタッフが、まだ若い猫の爪を切りながら笑顔を向けてきた。

「こんにちは。いいえ、幸か不幸か猫部屋は空室なんです。可愛い、新入りさんですか？」

「そうなんですよー」

中途半端な長毛に鼻がつぶれ気味で、明らかに洋猫の血が入っていると思われる猫は、おとなしく身を任せている。

「みんな今日は出勤してますよ。遊んでいかれます？」

「あ、じゃあちょっとだけ」

リュウを振り返ると、頷きが返ってきた。動物好きなのに実は軽くアレルギーがあるらしいので、さすがに十数匹の猫が放たれたスペースまではついてこないだろう。予想どおり、リュウは雑貨を並べたスペースのソファに腰を下ろして、スマートフォンを弄《いじ》り始めた。

「どうぞー」

ドアに手をかけるスタッフに、美織は奥を指さす。

「その前にトイレ貸してください」

化粧室を通り過ぎると、非常口のドアがある。ビルの横壁伝いで表に出てきたときに、店のガラス越しに見つかることにさえ気をつければ、脱出できるはずだ。

あまり時間が経てば、まずはスタッフに不審がられると、美織は素早く行動に移った。問題なく通りに出られて、美織は小走りで駅へ向かう。最寄りは渋谷駅なので、まずはそこから東京駅へ行くつもりだ。

交差点で信号待ちをしていたとき、目の前を見覚えのある真っ赤なスポーツカーが通り過ぎ、美織は息を呑《の》んで後ずさった。車内は見えなかったけれど、まさか道前とあの女性が乗っているはずはない。

だって……ふたりは今ごろ――。

「ぶつかっといて、謝罪もなしかよ?」

ふいに背後から聞こえた声に、美織は反射的に振り返った。見覚えのあるサングラスをかけた顔に、小さく声を上げる。

この人……井《い》の中組《なかぐみ》の……？

反応を不審に思ったのか、男はサングラスを引き下げて、美織の顔を覗き込んだ。睨むような目つきが、徐々に三日月型に変わる。

「……覚えてるぜ。義道組《ぎどうぐみ》の嫁さんだっけか」

「ああ？　この姉ちゃんが？　まさかだろ」

隣にいたひょろりと背の高い男が、美織を挟むように立ち位置を変えた。

信号が変わって、美織は走り出そうとしたが、男たちに腕を掴まれてしまう。周囲の人間は気づいているのかいないのか、足早に通り過ぎていく。

「俺も怪しいとは思うんだけどな、金を出したのは事実なんだって。だから――」

「なるほど。連絡すれば、また現金持参でお迎えに来るってか」

後から杉野《すぎの》に聞いたところによると、あの夜、美織が住んでいたアパートに乗り込んできたのは、井の中組が経営する金融会社の、取り立てを主に担当する下っ端だということだった。改めて義道組から井の中組へ返済の連絡を入れたときに、金額の件でひと悶着あったという。どうやら下っ端たちは組に納める前に、一千万のうちの一部を懐に入れていたらしい。

『そんなことがあれば、うちなら問答無用で破門です。まあ、向こうさんも同様だと思いますがね。追い出されて、こっちを逆恨みするようなばかじゃなけりゃいいんですが』

そんな言葉を思い出している間に、美織は強く腕を引っ張られて、狭い路地へと連れていかれた。

「……はな、離して！」

「そうはいくかよ。金は取り上げられるし組は追い出されるし、さんざんな目に遭ったんだ。ここで会えたのも、神さまのお導きってやつだろ？　今度こそ、たんまりいただかねえとな」

美織は青ざめた。己の危機にというよりも、またもや道前に迷惑をかけてしまうことに。

「無理です！　こんなことをしても、お金は手に入らないわ！」

どうにかして逃れようと踏ん張るが、背後にいるノッポに背中を押され、吸い殻やごみが散乱する湿ったアスファルトに膝をついてしまった。小砂利が食い込む痛みに顔を歪《ゆが》めた美織の顎《あご》を、サングラスをかけた男が手荒く摑む。

「おまえがいれば出すって。あんときだって即行だったじゃねえか。愛されてるねえ。義道組の若頭をたぶらかすなんて、大した玉だな」

「……違う……倫――――義道組と私はもう……関係ない……」

「ああっ？」

後ろでライターがかちりと鳴った。

「可哀想《かわいそう》に、捨てられちゃったかあ？」

振り返ると、ノッポが煙草の煙を吐き出して、下卑《げび》た笑みを浮かべた。

「ちゃんとサービスしてやらねえと、男はすぐに飽きちまうんだよ。ちょうどいいや、少しお勉強しちゃどうだ？　フルタイムで頑張れば、すぐに上達するって。稼いだ金は授業料ってことでいただいてやるからさ」

サングラスの男は美織の頭を振り払うように手を離し、ノッポに向き直った。美織は立ち上がれないまま両手をつく。

「勝手に決めんな。女ひとり風呂に落としたって、稼ぎなんかたかが知れてるだろ。関係ないってのも、こいつが言ってるだけだ。まずは義道組に連絡して――」

「いたぞ！　こっちだ！」

路地の入口から怒声が聞こえ、男たちは、はっとしてそちらに目を向けた。遅れて振り返った美織が目にしたのは、真っ先に駆け出したリュウだ。その後ろから、義道組の組員も走ってくる。

「くそう、なんで――」

サングラスとノッポは反対方向へ走り出し、しかしすぐに立ち止まった。そちらからも複数の男が駆け寄ってきていた。その先頭にいたのは――。

「……り――」

美織は呆然《ぼうぜん》として、道前が近づいてくるのを凝視《ぎょうし》していた。

どうして……？　どうして倫太郎さんがここにいるの？　出かけていたはずじゃ……あの女の人と――。

駆け寄ってきた道前は、スーツが汚れるのも頓着せずに膝をつき、美織を抱き起こした。触れられたとたんにその感触を懐かしく思い出し、美織は泣きそうになる。

周囲では男ふたりが殴られ蹴られしていたが、肉体を打ちつける聞き慣れない恐ろしい音も、男たちの呻《うめ》きや悲鳴も、美織には遠いものに感じた。

「ケガは？　どこか痛むか？」

ぎこちなく、次第に激しくかぶりを振る。心配そうに、いや、必死にも見える表情でこちらを覗き込む道前に、美織の双眸《そうぼう》からこらえ切れずに涙が溢れた。

道前は自分のコートを脱いで美織を頭から包むと、軽々と抱き上げた。

「カシラ、ここは任せてお戻りを。リュウ、車は回してあるな？」

「はい！　カシラ、向こうです！」

路地を出たところの路肩に停めたセダンの後部ドアを開けたリュウは、慌てたように上半身を突っ込んで、特大のごみ箱を次々に放り出した。

「……どうぞ」

道前は美織を地面に降ろさないまま車に乗せ、自分も隣に乗り込んできた。その間に、リ

ユウはスマートフォンを手に喋り出す。

「あ、杉野社長。すみません、あの、でっかいごみ箱をみっつ置いてくんで、回収できるようなら――――はい！　オネシャス！」

通話を終えたリュウは「出発しまーす！」と車を動かした。

しばらく経っても道前は無言だった。美織もまた口を開けず、かけられたコートをそのままに顔を隠している。ほのかに道前の香りがして、必要以上に深く息を吸いそうになり、慌てて自制した。

そういえばこのコートは、まさに先ほどリュウが話題にしていたものだ。カシミアのうっとりするような手触りを感じていた美織は、あちこちが汚れてしまっているのに気づいた。道前が無造作に脱いで、座り込んでいた美織に着せかけたからだ。路地の地面はあんなに汚かったのに。

そもそもなにがどうなったのか、さっぱりわからない。いちばんわからないのは、なぜ道前があの場に駆けつけたのかということと、どうやって美織の居場所がわかったのかということだ。

「麻布台《あざぶだい》でいいすか？」

「いや、事務所だ」

そのやり取りを聞いて、美織は自分がなにをするところだったかを思い出した。もはやこっそり逃げ出すのは不可能だが、とどまっているわけにはいかない。

「待って！　その前に東京駅――――ううん、どこでもいいから駅で降ろして」

美織の言葉に、リュウはミラー越しに困惑《こんわく》したように目を泳がせた。美織と道前を見比べているのだろう。

「どこへ行くつもりだ」

車に乗ってから、初めて道前が美織に話しかけた。美織は答えかけ、まずは口にすべきことを言う。

「……最後までご迷惑をかけて申しわけありません。でも、もう出ていきますから――――」

「俺が嫌になったのか？」

思いもかけない言葉に、美織は道前のほうを見た。真剣な眼差しが待ち構えていて、狼狽えるままに言葉が飛び出す。

「そんなことありません！　でも……私なんかがいたら……」

なに言ってるの、私……今までどおりでいいわけがないんだから、離れるのが当たり前じゃない。私がいなくなれば、倫太郎さんだってふさわしい人と一緒になれるんだから……こんなこと言う必要ない。

それなのに口にしてしまったのは、今も道前のことが好きで、それが美織の本心だからなのだろう。

道前が美織の手を強く握った。伝わってくる体温に、力強さに、気が遠くなりそうなほど胸がときめいた。

しかし美織と道前は叔母と甥で、そんな気持ちを持つのは許されない間柄《あいだがら》だった。しかしそれならなぜ、こんなに惹かれてしまったのだろう。

7

事務所へ行くと言っていた道前《どうぜん》だったが、リュウに命じて車のまま建物裏まで進み、車を降りると美織《みおり》の手を引いて数寄屋門《すきやもん》を潜《くぐ》った。

玄関先で迎えてくれたのは園井《そのい》で、美織は騙《だま》してしまったことと、そこまでしておきながら出奔《しゅっぽん》に失敗してしまったいたたまれなさに、顔を上げることができなかった。

「おかえりなさい。ご無事でなによりです」

「ご迷惑をかけて申しわけありません……」

何度、どれだけの人に謝っていることだろう。車の中でリュウにも逃げ出したことを謝罪した。「チョー焦《あせ》ったす。でも油断した俺がだめなんで」と首を振られ、ますます身の置き所がない心地だった。しかし実際に美織のあさはかな行動が、多くの人の予定を邪魔し、奔走させたのだ。それを思い知らなくてはいけない。

去ろうとするなら、きちんと説明して礼も告げて出ていくべきだった。仁義に欠けた行動は、道前たちがなによりも厭《いと》うところだ。そんなところからして、美織はふさわしくない女なのだ。

「祖父さんは？」

「まだ寝間にいらっしゃいますが、お知らせしたのでご支度中でしょう」

「後で客が来る。案内してやってくれ」

連れていかれたのは、道前と夫婦固めの盃《さかずき》を交わした座敷だった。今日は大きな杉の一枚板の座卓が中央に据《す》えられ、座布団が向かい合わせに三つずつ並んでいる。

床の間と向き合う側の真ん中に道前が腰を下ろしたので、美織は躊躇《ためら》いながらもその左隣に正座した。

しかし間がもたず、美織は腰を浮かしかける。

「どこへ行く」

すかさず道前の声が飛んで、美織は肩をすぼめた。

「手を洗ってこようかと……」

「園井、おしぼりを余分に持ってきてくれ」

道前が襖《ふすま》に向かって呼びかけると、しばらくして園井がお茶を運んできた。美織の前には、お湯で絞ったハンドタオルも置かれる。

「遠慮なく使ってください。手を洗いに行かせてもくれないなんて、心配性ですね」

道前が鋭《するど》い目を向けたが、園井は平然とした顔で下がっていった。

濡れタオルの温かさに、少しだけ緊張がほぐれたのか、それとも連れ戻された開き直りなのか、美織は気になっていたことを訊《たず》ねた。

「あの……どうして私があそこにいるってわかったんですか？」

美織が駅に向かったと当たりをつけるのは不思議ではないにしても、途中であの二人組に捕まったため、ルートを大きく逸《そ》れた。駅を中心に放射状に道が広がった中で、いったいどうやってあの細い裏路地を見つけたのだろう。

美織が猫カフェを出てから小一時間ほどの出来事で、失踪に気づかれてからはもっと短い時間だったはずなのだ。そこにリュウだけでなく組員が駆けつけ、さらに道前まで居合わせた。

道前はちらりと美織を見て、自分のスマートフォンを取り出した。ディスプレイに並んだアプリのアイコンのひとつをタップする。

「便利なものがあるな」

画面に地図が表示され、それを美織が覗《のぞ》き込んでいると、地図が徐々に拡大されていく。中心で点滅する赤いピンに、ここの住所を表示した吹き出しがついていた。

「あっ……」

ここまで見せられたら、美織にも察しがつく。位置情報アプリに美織のスマートフォンを登録していたのだ。

「並行しておまえたちが使ってた車の走行記録もチェックしてた。猫カフェの駐車場に停まってるのに、おまえだけが移動し始めたからな、すぐリュウに連絡したんだ」

「そこまで……」

思わず呟《つぶや》いてしまったが、それがあったからこそ助かったとも言える。美織の呟きを聞き止めた道前は、気まずそうに眉を寄せた。

「気持ち悪がられると思ったから、教えないつもりだったんだ。しかし、ネタばらししないことには説明できない」

「こちらこそ失礼しました、助けてもらったのに。でも……倫太郎《りんたろう》さんも近くにいらしたんですか？　数日留守にするって――」

「思ったよりも早く用が済んだから、さっさと帰ってきた。ちょうど羽田《はねだ》に着いたところで――」

美織は思わず口を挟んだ。

「羽田？　車で出かけたんじゃなかったんですか？　昨日の朝、迎えが――」

「あれに乗ったのは空港までだ。新幹線で大阪までの長旅なんて、窮屈で耐えられん。時間が取られるだけだ」

大阪へ行っていたのか。しかし、あの女性に空港まで送ってもらっただけではないだろう。ふたりの会話からは、一緒に旅行をするとしか考えられなかった。

道前が堂々と答えるのは、その件に関して特にやましいと思っていないからだろう。誰と出かけようと、叔母の美織が口出すことではないと言われれば、たしかにそのとおりだ。

なにがあろうとその事実は変わらないと、美織は膝の上で両手を握りしめた。

「今回の件も含めて、最近留守がちだったことについて、これから説明しようと思ってここに来たんだ。祖父さんにも知らせたかったからな」

視界の端に割り込んでいる道前は機嫌がいい表情をしているようだが、美織は胃が引き絞られるような心地だ。

道前が美織を連れ戻したのは、ここに留まらせるためではない。組長が立ち会って結婚の約束をしたから、同じようにそれを解くつもりなのだろう。

わかってる……わかってるから、早く終わらせて……。

どうにもならないことなら、早くかたをつけて美織を解放してほしい。この状況に耐えられない。

そんな願いが通じたのか、襖が開いて園井に付き添われた組長が姿を見せた。

お祖父さま……お加減悪そう……。

昨日よりずっと顔色が悪く、園井の手を借りていても足元がふらついている。それでも、美織を見て一瞬目を輝かせた。

「無事で——」

しかしはっとしたように言葉が途切れ、視線も逸らされた。

美織もなに言えず、かすかに会釈をして俯《うつむ》く。

道前はそんな美織と組長の態度を怪訝そうに見守っていたが、組長が座卓の向こう側に座ったのを機に口を開いた。

「……祖父さん、先走ったな?」

祖父であり組長でもある相手を、遠慮の欠片もなく睨《にら》み据える様子に、美織のほうが狼狽《うろた》えてしまう。

組長もまた道前の凄みに呑《の》まれかけたようだったが、そこは修羅場を掻《か》い潜ってきたのだろう経験からか、道前を睨み返した。

「黙っているような卑怯な真似ができるか。美織さんにも知る権利がある」

道前は大仰《おおぎょう》なほどのため息をついて、お茶を一気に飲み干した。そして、また深く息をつくと、視線を美織に向けた。

「聞いたんだな?　俺とおまえが甥と叔母だって」

眉を寄せて不機嫌そうな道前に、美織は脅《おび》えながら頷《うなず》いた。

「面倒を増やしやがって……」

道前は、美織に知らせるつもりはなかったということなのか。血縁関係であると美織が知らなければ、気持ちが変わって別れたというありふれた結末だ。明らかにしても嫌な思いをするだけだ、と？

さらにいたたまれない思いで沈黙をやり過ごしていると、廊下を近づいてくる足音が聞こえた。

「失礼します、お客さまが――」

「園井さん、ここでいいわ」

記憶に残る声に、美織は目を瞠《みは》った。襖を開けて姿を見せたのは、くっきりとした目鼻立ちの、すらりと背が高い美女だった。赤いスポーツカーを運転していたあの女性だろう。ショートカットの耳元で光るピアスに見覚えがある。

「おお、美佳《みか》ちゃんじゃないか！」

にわかに元気を取り戻して声を張り上げた組長に、女性――美佳はにこりとして座敷に入ってきた。その場で正座して、菓子折りを差し出す。

「ご無沙汰《ぶさた》してます、おじさま。これ、堀照の最中です。お好きでしょう？」

「気をつかわんでも、顔を見せてくれただけで嬉しいよ。ますます美人になったなあ」

「あら、もっと大きい箱を持ってくればよかった」

ふたりのやり取りを、美織は呆然《ぼうぜん》と眺めていた。美佳は組長とも顔馴染みらしい。ということは、いわゆる家族ぐるみのおつきあいというやつなのだろうか。昨日今日知り合ったという雰囲気ではないから、道前とはずっと前から関係があったのか。

それにしてもヤクザの組長を相手に、まったく物怖《ものお》じするところがない美佳の態度はあっぱれだ。美織には逆立ちしてもできない。こういう女性が、若頭の伴侶にふさわしいのだろう。

ふいに美佳の視線がこちらを向いて、美織は緊張に襲われた。どうしたらいいのだろう。道前の隣から場所を移るべきだろうか。

「美織さんですね？　ご挨拶《あいさつ》が遅れまして。本城《ほんじょう》美佳と申します」

座卓に近づいた美佳は、名刺を滑らせた。

「……戸部《とべ》美織です」

一瞬迷って本名を名乗った美織に、道前は眉を寄せながら名刺を手渡してくれる。

「本城サーチ……調査事務所？」

代表・本城美佳とあるから、自ら設立した事務所なのだろう。それにしてもなぜ名刺をくれたのだろうと、美織は戸惑《とまど》いながら道前を見た。

「人探しを依頼してたんだ。組で使う調査会社もあるが、個人的な要件だったから美佳に頼んだ」

美佳も頷いて、道前を拝む。

「ありがたいことです。能力に自信はあるんだけど、宣伝不足のせいか仕事が少なくて。持つべきものは、金払いがいい旧友よね」

「なに言ってる。仕事を選り好みしてるのはそっちだろうが。なかなか受けてもらえないって、愚痴を聞くぞ」

「後味が悪い話は嫌なのよ。今回は大団円になりそうでよかったわ。ねえ、美織さん――

――あら？　どうかした？」

昨日の朝、車の前で聞いたのと同じように、歯切れのいい会話の応酬に、美織はきっと羨《せん》望《ぼう》にも似た目をしていたのだろう。

「いえ……仲がよくてお似合いだと……」

とたんに隣で息を呑む音がした。同時に美佳が座卓に身を乗り出す。

「ちょっとちょっと！　なにか勘違いしてない⁉　まさか、私と倫太郎がどうとか！」

おとなの女性らしく優雅さもにじませていた美佳が、突然変わったような気がした。

「え……？　だって……違うんですか？」

「冗談じゃないわ！　全然！　全っ然タイプじゃないから！　ちょっと、倫太郎もなにか言ってよ」

「俺もおまえは全然好みじゃない」

「ほら！　こういうとこ！　美織さん、失礼だと思わない？」

同意を求められた美織があたふたしていると、道前はしれっと言い返す。

「正直に答えてるだけだ」

一連の流れを見ていた組長が、おずおずと口を挟んだ。

「いったいなんの話だ？　だいたい美佳ちゃんはもう結婚してるだろう」

「ええっ⁉」

美織の驚きの声を掻き消す勢いで、美佳が答えた。

「いやーだ、おじさまったら！　うふふ、今も熱愛夫婦ですよ。先月もプーケットで四回目のハネムーンしてきました」

「誰も訊《き》いてない」

美織は激しく混乱していた。道前と美佳に男女の関係がないばかりでなく、美佳は既婚者だというのか。いや、結婚していても伴侶以外と親密になることはあるだろうし、口だけの否定はいくらでもできる。

しかし目の前にした道前と美佳の間に、そんな雰囲気はまったく感じられなかった。どちらかというと気の置けない友人、それも遠慮のない親しさのある間柄《あいだがら》という感じだ。

「誤解は解けたかしら？」

微笑む美佳に、美織は頷く代わりに俯いた。

「私には……関係ありませんから……」

美佳が問うように目を向けると、道前はかぶりを振る。

「祖父さんが喋《しゃべ》ったらしい」

「おじさま！」

キッと睨まれて組長は首を竦《すく》めたが、すぐに言い返した。

「隠したままでは美織さんだって――」

「失礼します。お客さまがいらっしゃいました。どうぞ――」

絶妙のタイミングで襖を開けた園井が、後ろに続く人影に場所を譲った。座敷に入ってきたのは男女ふたりで、美織は息を呑む。

「組長、ご無沙汰しております。若頭も、今回はご依頼をいただきありがとうございました」

男性は四十手前くらいの、銀縁眼鏡をかけた理知的な雰囲気だ。トラディショナルなスーツがよく似合っている。

「こちらこそ、夫婦で受けてもらって助かった」

夫婦？　ってことは、美佳さんのご主人……？

美織と目が合った男性は、一礼して名乗った。

「弁護士をしております、本城輔《たすく》と申します。戸部美織さんですね？」

「は……はい」

「戸籍上は、だ」

道前が言うと、美佳が口を挟む。

「弁護士なんだから戸籍の名前で確認するでしょ。なにか文句あるの？」

そんな言い合いも右から左へと耳を通り過ぎ、美織はひたすら女性を凝視していた。女性もまた美織を見つめ、笑みを浮かべる。亡き母に面差しがよく似ていた。

「……明音《あかね》叔母さん……？」

女性は大きく頷いて美織に近づくと、そばに跪《ひざまず》いて手を握った。

「そうよ、美織！　大きくなって……ああ、きれいにもなったわ」

女性は美織の母の妹の明音だった。最後に会ったのは美織が幼稚園生のころで、子持ちの母と違いずっと若く見えたものだが、今は年相応に思える。それでも手入れが行き届いているのか、若々しかった。

ずっと音信不通で、母が亡くなったときも連絡が取れないままだった。もしかしたら、知らないのかもしれない。

「叔母さん、お母さん亡くなったの……四年前に……」

「そうだってね。私も最近知って、ようやくお参りに行けたの」

ふと墓前に供えられていた白バラを思い出した。母が好きだった花を持ってきてくれたのは、明音だったのだろう。

「灯里《あかり》……灯里だな⁉」

狼狽えたような声に振り返ると、いつの間にか座布団の上で立ち上がっていた組長が、こぼれんばかりに目を見開いて明音を凝視《ぎょうし》していた。身体の両脇で拳《こぶし》が震《ふる》えている。

「組長、この方は木下《きのした》明音さんです。戸部灯里さんとは双子の姉妹ですので、よく似ていらっしゃるとは思いますが」

本城の訂正にも、組長は首を振った。

「いいや、灯里だ。何十年経とうと、自分の女を間違えるはずがない」

興奮のあまり今にも組長が倒れるのではないかと、美織はハラハラした。きっと心労が続いていただろうに、今また母にそっくりの叔母を見て、激しく動揺している。

でも……私が口を出していいの……？

実の娘だとしても、その立場に就くつもりはないのだから、出しゃばってはいけないのだろうけれど、組長の体調が心配だ。

「……徹ちゃん――」

そのとき叔母が立ち上がり、組長に近づいた。

「灯里……」

「ごめんね、嘘ついて。私は灯里じゃなくて、明音と言います」

え……？　ええ!?　どういうこと……？

明らかに叔母は組長を知っている様子だ。それも、ごく親しい間柄だったように見える。

次から次へと意外なことが起こり、腰を浮かせていた美織は、そのままよろめきそうになった。

「大丈夫か？」

すかさず肩を支えてくれたのは道前で、美織は反射的に頷きながら、崩れるように座布団の上に座り込んだ。

「ひとまず皆さんお座りください」

本城の声に、それぞれが座卓を囲んだ。組長の隣には明音が腰を下ろす。入口側に美佳と並んだ本城は、明音に向かって問いかけた。

「二十一年前――もうすぐ丸二十二年になりますか、当時、道前徹治氏の下から去ったのは、木下明音さん――あなたで間違いありませんね？」

明音はこくんと首肯し、隣の組長を見つめながら口を開いた。

「はい。姉の名前を使って、ホステスをしてました。特に理由はなかったんですけど、灯里のほうがそれっぽいかなって」

叔母はずいぶん落ち着いているようだが、組長のほうはまだ現実を受け止め切れていないらしく、視線があちこちへ飛んでいる。

「どういうことだ……灯里、おまえ美織さんを姉さんに託したのか？」

「徹ちゃん、落ち着いて。私の本当の名前は明音よ。それから――」

明音の視線はゆっくりと美織に向けられた。

「美織は正真正銘《しょうしんしょうめい》、姉さんと修《おさむ》さんとの間に生まれた子」

えっ……⁉

声も出せずに瞠目《どうもく》する美織に、明音は、はっきりと頷いた。

「そうよ。あんたは道前家とはまったくの他人」

……私は……お祖父さまの娘じゃない……？

思わず隣を見上げると、道前もまた頷きを返してくれた。

「ショックだっただろう。だが、そんな事実はない。もう悩まなくていい」

「……本当に……？」

道前と自分には血の繋がりはなく、禁忌《きんき》の関係ではなかった――。

そうと知っても安堵《あんど》にはほど遠く、いろんなことが頭の中を駆け巡って、まだ戸惑っている。

「俺の子は？　俺とおまえの子どもはどうなったんだ？　どこにいるんだ？」

肩を摑んで揺さぶる組長に、明音は視線を向けながらやんわりとその手を握った。

「はじめからいないの。ごめんね、それも嘘だったの」

その告白に、美織は声こそ出さなかったけれどとても驚いた。いや、驚きすぎて声が出なかった。

しかし組長の驚愕《きょうがく》は美織の比ではなく、後ろ手をついて目を見開いている。

「……う、嘘……？」

「ごめんねえ。でも、そうでも言わなきゃ、別れてくれなかったでしょ？」

……明音叔母さん……。

明音にも事情があったとしても、そういう嘘はいちばんまずいのではないか。聞いている美織のほうがおろおろしてしまうのに、明音はけろりとしたものだ。

「なかなかぶっ飛んだ叔母さんだな。これだけでも彼女が母親じゃないと証明できるくらいだ。おまえとは性格が違いすぎる」

道前に囁《ささや》かれ、美織は身を小さくした。

「すみません、お騒がせして……そんな言葉じゃ済まされない話ですけど……」

「謝るな。おまえだって言ってみれば被害者だろう」

たしかに叔母がそんな嘘をつかなければ、今のこじれ方はなかった。

「そりゃあ、俺はおまえを最後の女のつもりで――」

「やだ、徹ちゃん、演歌の歌詞みたい。だからこそよ。気持ちは嬉しかったけど、私には目標があったの。野望って言ってもいいわね。そのためにまず大学に入りたくて、学費と生活費を稼いでたのよ」

「大学？　なんだ、それなら援助したものを――」

組長の顔の前で、明音は人差し指を振った。

「自分でやりたかったの。誰に頼まれてすることでもない、自分がしたいことだもの。自分で準備するのが当然でしょ」

組長は渋々の体で頷いた。

「たしかにホステスは続けてたな……」

「でも、別れてから徹ちゃんが振り込んでくれたお金は助かったわ。ありがとう。今日はまとめてお返しするつもりで来たの」

成り行き上、組長と明音のやり取りを聞いていた美織は、初めて叔母を見直した。今の今までとんでもないことばかり聞かされて、他人の迷惑を顧みない自分勝手だと思っていたが、そんな気持ちでいたのか。

でも……かなり援助してもらったんじゃないの？　そんなに返せるのかな……。

またしても心配が膨らみ始める。

組長は明音の言葉にぽかんとしていたが、我に返ったのか手を振った。

「……いらん！　一度出したものを返してもらおうなんて思わん。そんなに大学に行きたかったなら、その金で今からまた二つ三つ通えばいい」

「ふふ、徹ちゃんならそう言うと思った。いらないなら返さないけど――」

ちょっとちょっと、叔母さん！　まさかそのつもりだったの⁉

明音が口を開くたび、会話相手の組長より、美織のほうがよほど反応してしまう。

「でもね、感謝してるのは本心よ。おかげで目標を達成することができました」

「大学か……その後はどうしてたんだ？」

「えっ、目標は大学じゃないわよ。卒業してから会社を作ったの。一国一城の主《あるじ》になりたかったのよね」

それまで傍聴人《ぼうちょうにん》と化していた本城が、いきなり口を開いた。

「着物をリメイクした小物や雑貨を、海外の店舗で販売する会社を経営していらっしゃいます。業績はまずまずで、欧米の雑誌などでも紹介されていますね」

「海外の店を見て回ってるから、ここ何年も日本には仕入れに帰るくらいだったの。でも仕事が軌道に乗ったら、なんか満足しちゃって……これからは部下に任せて、少しゆっくりさせてもらうつもり。そこで、よ――」

明音は組長の手を両手で包んだ。

「いいように利用されたと思ってた女から、この際たっぷり取り返す気はない？　私はやりたいことを諦《あきら》めずにできたら、老後はまた徹ちゃんのそばにいたいなと、ずっと思ってたんだけど？」

「……は？　はあっ⁉」

組長は呆然としていたが、遅ればせながら明音の言っていることを理解して、またしても驚愕の表情だ。傍《はた》で見ていても呼吸まで荒いのが窺《うかが》えて、美織は気が気ではない。泣く子も黙る、かどうかは知らないが、義道組《ぎどうぐみ》の組長を完全に手玉に取っているように見えて、我が叔母ながら恐ろしい。

だいたい本人がどんなつもりだったとしても、嘘をついて金を受け取ったのは事実だ。そんなことをされては、極道の面子が立たないだろう。道前だって憤っているかもしれないと、美織はそっと隣を窺った。

……あれ？

道前は視線こそ険しく組長と明音を見ているが、その口元がかすかに緩んでいるような気がする。いや、ごくごく小さく震えている。まるで笑いをこらえているかのように。そう思って見ると、目つきの鋭さも無理に表情を作っているように思えてきた。

そして組長はといえば——いつの間にか明音の手を握り返している。

「戻ってきてくれるのか？　老い先短い俺のところに」

「徹ちゃんはあのころも六十だったじゃない。そう変わらないわよ。私のほうこそおばさんになっちゃったけど？」

「いやいや、灯里——じゃなかった、明音だったな。おまえも全然変わらんよ。一気にあのころに戻ったような気がするな」

明らかにイチャついてる……。

なんなのだろう、眩暈《めまい》がしそうだ。座敷に入ったときは、胃に穴が空《あ》きそうな緊張と絶望を感じていたはずなのに、実際そんな空気が漂っていたのに、いつの間にか花やハートがひらひらしているような空間と化していた。

まあ、ここにいる六人中、美織と道前が叔母甥ではないという事実を知らなかったのは、どうやら美織と組長だけだったようだが――。

美織は改めてそっと道前を見上げた。

「……本当に倫太郎さんと私は――」

「血の繋がりなんかない。なんの問題もなく、夫婦になれる。それをはっきりさせたくて、この場に集まったんだ」

8

すっかり元気を取り戻した組長は、明音《あかね》を連れて食事に出かけると言うので、道前《どうぜん》と美織《みおり》も麻布台《あざぶだい》の別邸に帰ることにした。

「これをお持ちになってください。組長がお祝いだと、全員分注文してくれました。帰ってから食事の支度をするのも手間でしょう？」

帰り際に園井《そのい》に改めて謝罪をすると、首を振って鮨折《すしおり》を手渡してくれた。

「きゃー、嬉しい！　徳華《とっか》のお鮨は最高なのよね。ねえねえ、今夜は熱燗で決まりね」

「美佳《みか》、飲みすぎないでくれよ」

本城《ほんじょう》夫妻も寄り添うようにして、車に乗り込んだ。車内でも手を繋いでいるのではないだろうか。

そして美織はといえば、まるでジェットコースターのように心を振り回された日々だったと振り返る。いや、実のところ、まだ呆然《ぼうぜん》としている。

道前と血の繋がりがないとわかった後、さらに次々といろいろなことが巻き起こったせいで、そちらに気を取られてしまった。だから自分のことは、まだ嚙みしめられずにいる。

今、隣に道前が座っているのだって現実なのだろうかと、まだ疑ってしまう。つらすぎて現実逃避した末に、自分に都合のいい夢を見ているのでは――。

ふいに温かな感触が美織の手を包んだ。その薬指には、美織のものと同じ指輪が光っている。

「帰ってきたぞ」

組員が運転する車から降りて、手を引かれるままに門を潜《くぐ》り、玄関に入ってドアを閉じた。とたんに強い抱擁《ほうよう》に見舞われる。

「倫太郎……さん……っ……」

弾みで靴が片方脱げ、図らずも腕から逃れるような体勢になったが、道前はさらに美織をきつく抱きしめた。

「心配しなくても、ここで抱いたりしない。でも、もうしばらくこうさせてくれ……」

そういえば、そんなこともあった。ふだん組員の前で見せる態度と違って、思いがけず情熱的なのだと思ったものだ。

そんな道前の一面にも強く惹《ひ》きつけられたけれど、こうして閉じ込められるように抱きしめられると、感動的なくらい嬉しい。嬉しくて――。

「美織……?」

しゃくり上げて涙を流す美織に気づいて、道前は抱擁を解き、その顔を覗《のぞ》き込んだ。

「どうした？　どこか痛かったか？　すまない、久しぶりだと思ったらつい……」

「……大丈夫……です、私は……でも、お鮨が……」

鮨折は箱も松を使ったしっかりしたものだったが、抱えていたせいでほぼ垂直になってしまったので、果たして中身はどうなったことか。

「ああ、なんだ……鮨が心配で泣いたのか」

「違います！」

思わず言い返し、道前が笑っているのを見て冗談だったのだと気づいて、恥ずかしくなって俯いた。

「……私も……嬉しかったんです。久しぶりというより……もう、二度とこんなことはないと思っていたから……」

道前は美織の手から鮨折を取り上げると、髪を撫《な》でた。

「改めて説明する必要があるな。まずは向こうで腹ごしらえしよう」

鮨は形が少々歪《ゆが》んでいたが、味は絶品だった。昼食のうな重はほとんど残してしまったので、空腹だったのもあるかもしれないけれど、食べ物が美味しいと感じられたのは何日ぶりだろう。

あらかた食べ終わってお茶のお代わりを注いだところで、ソファの隣に座っていた道前が美織のほうに身体を向けた。

「婚姻届を出すために、おまえの戸籍謄本を取り寄せたのは知っているだろう？」

「はい……委任状を預けました」

道前は頷《うなず》くと眉を寄せ、膝で頬杖をついた。

「それを覗いた祖父さんが血相を変えてな。おまえの母親の灯里《あかり》が、昔自分が世話をしていた女だと言ったんだ。しかも別れ際には身ごもっていたという」

そこまで聞けば、先刻の本邸での流れと合わせて、どんな誤解が生じたのか想像がついた。

「その時点では、祖父さんの一方的な昔話の証言で、真偽の決め手となる具体的な証拠はなかった。しかし、ことがことだからな。はっきりさせないわけにはいかなかったし、事実だったときのことを考えると……おまえに触れることはできなかった」

血縁かもしれないとわかっていながら、それまでのように関係するのを躊躇《ためら》ったのは、無理からぬことだと美織も納得がいく。むしろ当然のことだ。嫌われたり飽きられたりしたのではないと、わかっただけでいい。

「おまえの母親が健在なら、口を割らせれば――いや、訊《き》けばいいことだったが、あいにくすでに故人だ。父親とおまえのDNA鑑定を視野に入れつつ、他のアプローチを探した。ああ、祖父さんとおまえのDNAも確かめるつもりだったが、あの祖父さん、ショックを受けながらも、それ以上に今さら実子がいるとわかってお花畑状態でな、検査なんて言い出そうものなら激怒しそうだったんだ。怒ったところで怖くもないが、本人の具合が悪くなっても面倒だから、こっそり動くことにした」

だから義道組《ぎどうぐみ》お抱えの弁護士や興信所でなく、友人の本城夫妻の手を借りたのだろう。

「おまえに叔母がいるって聞いてたから、なにか知ってるかもしれないと期待して行方を探した。組の仕事の後に美佳と打ち合わせたりして、帰りが遅くなることもあったんだ。まあ、それだけが理由じゃないが……その明音の戸籍を見たときに、おまえの母親と生年月日がまったく同じだって気づいて……双子だったんだな。それで可能性に思い当たった」

「はい……二卵性だと聞いてましたけど、とてもよく似ていたんじゃないでしょうか。私は小さいころに会ったきりで、あまりそういう印象がないんですけど、周囲にはよく間違えられていたみたいです」

そんなふうだったから、組長の相手が母でなく叔母だったなんて、美織には万が一にも思いつかなかった。ショックが大きすぎて、なにも考えられなかったとも言える。

組長の告白を聞いて、道前だって冷静ではいられなかっただろうに、よく調べようと思ってくれたものだ。道前が動いてくれなかったら、誤解したまま離れてしまうところだったと思うと、指先が震《ふる》える。そんな美織の手を、道前が包むように握ってくれた。

「しかし俺が欲しいのは可能性じゃなくて、はっきりした証拠だ。美佳に明音の現況と居場所を突き止めさせ、幸い帰国中だとわかったから、急遽アポを取って、直接会うことにしたんだ」

それが、昨日から今日にかけての大阪行きだったのだ。

美織は俯《うつむ》いて首を振った。

「私……倫太郎《りんたろう》さんがそんなに動き回ってくれているとも知らなくて……帰りが遅くなったのも、その……距離を置かれたのも、私に飽きたからなんじゃないかって――」

「美織……」

道前は困ったような顔で、美織の手を揺らした。

「でも、そうだとしても、倫太郎さんが幸せになってくれるなら離れようって……倫太郎さんに救われたときから、少しでも喜んでほしい、尽くすんだって決めてたんです。それしかできないから……それなのに、離れるのがつらくて……好きになってしまったから……」

「美織……」

道前は美織の頰を手のひらで包んだ。顔を上げさせようとしているのがわかっても、美織はまだ道前を見られない。

どう見ても困難な状況に立ち向かおうとした道前と比べて、美織はただ嘆くばかりだった。こんな自分は、やはり道前にふさわしくないのではないか。

「昨日の朝、美佳さんの車に乗る倫太郎さんを見て、やっぱり私じゃだめなんだって……その後、芝《しば》に行って、お祖父さまから娘だって聞かされて……もう、全然だめだなって……」

道前は深くため息をついて首を振った。

「祖父さんの件は、本当にすまなかった。くれぐれも口にするなと釘を刺したんだが……自分のせいですべてがひっくり返ると、責任を感じていた――いや、あの人のことだから、やはり娘ができたってことがいちばん重要で、俺たちのことは二の次だったのかもしれん」

「そんな言い方……」

美織は思わず笑いそうになってしまった。組長は美織と道前の間に悲劇をもたらしてしまったことは悔やんでいたけれど、たしかに美織に対する情は深まっていたのだろう。孫の嫁として接してくれていたとき以上に、慈しみを向けてくれていた。

「座敷に美佳さんが入ってきたときも、倫太郎さんはこの人と結婚するんだと思っていました」

「冗談はよせ。あの女と結婚するくらいなら、一生独身でいい。というか、もともとそんなに結婚願望はなかった。おまえに会うまでは」

美織は思わず顔を上げた。道前が口端を上げる。

「やっとこっちを向いてくれたな。俺は美織以外を嫁にする気はない」

その言葉に、胸が苦しいくらいにときめく。しかし、これだけは言っておかなければと、口を開いた。

「私……自分で思ってたよりも、ずっと図々しくて欲深い女みたいです……」

「ほう、意外だな。たとえば？」

道前は額を押しつけてきて、美織の目を覗き込んだ。どこか楽しそうな目の色に、戸惑《とまど》いながら告白を続ける。

「倫太郎さんが私を拾ってくれたのは、猫を保護するのと同じようなものだってわかっていたのに、優しくされて好きになってしまって……倫太郎さんが気に入ってくれたからって、離れたくない、ずっとそばにいたいと思うようになってしまいました」

低く喉を鳴らすような音を立てて、道前が笑っている。

「そのくせ、倫太郎さんに――義道組の若頭の妻に全然ふさわしくなれません。晶絵《あきえ》さんみたいに美人じゃないし、極道のことも知らないし――倫太郎さん、聞いてます？笑ってないで――」

ふいに道前の胸の中に閉じ込められた。鼓動が疾走して、道前に伝わってしまっているのではないかと狼狽《うろた》える。

「なにを言い出すかと思えば」

「お、おかしくありません！　本当のことです。はっきり言って、全然お勧めできないんです、私……」

「それでも俺は美織がいい」

耳元で囁《ささや》かれ、美織は息を詰めた。鼓膜を通してその言葉が全身に広がっていって、気が遠くなりそうな喜びに満たされていく。

いちばん好きな人にそう言ってもらえることは、なんて幸せなのだろう。もう決して手に入らないと思っていただけに、何度も嚙みしめてしまう。

そっと顔を上げると、待ち構えていた道前に唇を奪われた。何日ぶりかのキスが、何十年ぶりにも感じられる。それくらい恋しかったし、待ち望んでいた。しかし二度と訪れないだろうと絶望してもいた。

舌が忍び込んでくると我慢できなくて、美織は自分からもそれに絡みついた。触れ合うほど希求が増して、角度を変えては何度も求め合う。

名残を惜しむように糸を引いてキスを解いたときは、唇が何倍にも腫《は》れ上がっているような気がした。

「こんなに積極的なのは初めてだな」

揶揄《からか》うような言葉に、美織は額を道前の肩に押しつける。

「……言ったじゃないですか、欲深いって……」

「大歓迎だ」

肩を抱かれてソファにもたれていると、この十日ほどの日々のことが蘇《よみがえ》ってきた。不安や恐れ、疑心暗鬼《ぎしんあんき》、嫉妬《しっと》に絶望と、マイナス感情に振り回されるばかりだったけれど、それらはすべて解消された。

「血が繋がってなくて、本当によかった……」

美織の呟《つぶや》きに、道前は顔を向ける。見返すと、わずかに眉を寄せた笑みを浮かべていた。

「そうだったとしても、俺はおまえを手放す気はなかった」

「えっ……？」

思わず身を起こしかけた美織を、道前はやんわりと腕の中に引き戻す。

「まずは事実の証拠を摑むまで、おまえに触れないようにしていたのは、血縁だった場合におまえが嫌悪感や後悔の念を抱くかもしれないと思ったからだ。はっきりする前におまえに打ち明けなかったのは、間違いだったらそのまま知らずにいればいいことだと思ったから。しかし事実だった場合はそう伝え、その上で嫁にしたいと言うつもりだった」

道前の言葉に、美織は目を見開いた。

「なにを考えているんだ、と思うか？　しかし俺にとっては、血の繋がりなんて些細《ささい》なことだ。だいたい検査しなきゃわからないことなんか、日常で人と人が関わって築いていく繋がりになんの影響がある？　見知らぬ他人として出会って、男と女として意識して、愛情を感じて、そこに今さら叔母甥でしたなんて言われたところで、積み上げてきたものが変わるとは、俺には思えない。これまでとなにも変わらない」

思い切った発言だ。人によっては、倫理観が欠如していると眉をひそめるかもしれない。

しかし振り返ってみれば、美織もまた組長の話を聞いて結ばれることはないのだと思いながらも、道前に対する恋情は変わらなかった。

「まあ、おまえが無理だというなら、諦《あきら》めるしかなかったがな。自分がおまえを幸せにするつもりでいたが、それができなくてもおまえには幸せになってほしい――そう思うのが当然だろう？　おまえは俺の女なんだから」

美織は瞬きも忘れて道前を見つめた。

引き取られた当初は、猫と大差ない感覚で拾われたのだと思っていた。美織もまた、救われた恩義に報いるという意思に凝《こ》り固まっていた。

それが道前の優しさや頼もしさを知るにつれて、使命感は恋に変わり、好きだから尽くしたいと思うようになった。そんな美織を、道前も妻にしていいと思うくらいには、憎からず思ってくれているのだと考えていたけれど――。

そんなんじゃなかった……。

こんなにも強く、深く、愛されていたのだ。これといった取柄もなく、厄介《やっかい》ごとばかり引き起こして、極道の世界には向きそうにない美織なのに。

分不相応かもしれない。でも美織も道前を愛していて、離れたくない。だからこれからも道前のそばで努力していこう。そして、誰が見ても道前にふさわしいと思ってもらえる妻になりたい。

突然、道前がぎょっとしたように身を起こした。

「な、なんだ？　やっぱりとんでもないと思ったのか？　気持ち悪かったか？　それとも鮨に当たったか⁉」

美織はまた涙をこぼしていたらしい。道前は指先で美織の頬を拭《ぬぐ》い、心配そうに顔を覗き込んでいる。

「違います……嬉しくて……倫太郎さん――」

「お、おう……」

「私をお嫁さんにしてください」

道前は目を瞬いた後で、朗らかに笑った。

「プロポーズを返されるとは思わなかった。もちろんＯＫに決まってるだろう」

そのまま道前に寝室へ連れていかれそうになったのを、美織は一階のバスルームへ逃げ込んで事なきを得た。

だって……昨夜もお風呂に入ったものの、ちゃんと洗ったのかどうか記憶にないし。今日は今日で、道端で転んだりしたし。

積み重なった憂《うれ》いがすべて吹き飛んで、プロポーズもやり直しての初エッチなのだ。ここは万全の態勢で臨みたいではないか。

道前からはしっかり愛されていると示してもらったけれど、美織的にはこれからもっともっと好きになってもらいたい。義道組若頭の妻としても認めてもらえるようになりたいし、組長に可愛《かわい》がられる孫嫁でもいたい。道前倫太郎の嫁としては言うまでもない。

うん、私ってやっぱり欲張りだ……。

湯船に顎先《あごさき》まで浸《つ》かりながら、そう思う。

こんなふうに考えるようになったのは、道前との出会いがあったからだろう。それまでの美織は、自分からああしたい、こうしたいと考えることがなかった。母が亡くなってから、そんなことに思いを巡らす余裕もなく、日常生活という現実に追われていたからだ。どうにか日々を過ごしていくだけで精いっぱいで、諦めることばかりが増えて、それが当たり前になっていた。

道前が与えてくれたのは物質的なことだけでなく、それによって生じる心の余裕だ。目の前の生活以外に目を向けることができるようになったから、道前のしぐさや行動からひとりの男性としての魅力にも気づき――――恋が芽生えた。

恋を知って、相手を好きになればなるほど、執着も生じた。道前が欲しい、ずっとそばにいたい、離したくない。

こんなに強くなにかを欲したのは、覚えている限り初めてで、自分自身に戸惑いもするけれど、それで揺らぐ想いではない。

だから抱いた望みを叶え続けるために、自分でもできる限りの努力をしようと思う。

さし当たっては、倫太郎さんにとって魅力的な女性にならないと……。

そんなことを考えて密かに奮起していると、バスルームのドアが開いた。

「り、倫太郎さん⁉」

「なにをそんなに驚くことがある。夫婦だろう」

道前は悪びれることなく、裸体を見せつけるように堂々と入ってきて、シャワーを浴び始めた。

そう言われても、一緒に入浴したことはない。せいぜい事後のシャワーを共有したくらいだ。

うわー……お尻……ちゃんと見るの初めてかも。キュッとしててカッコいいなあ……。

盗み見るように視線を注いでいたものの、道前がシャワーを止めてこちらを向くとさすがに気まずくなって、美織は湯船に浸かったまま俯く。道前は向かい合うようにバスタブに入ってきた。

「……あ、じゃあ私はお先に出――」

「待て。時間的にまだ洗ってないんじゃないか？」

「そ、それは……あっ……」

掴まれた肩をぐいと引かれ、美織はお湯の中で回転させられて、道前に抱きかかえられる体勢になった。厚い胸板が背中を包み――存在を主張するものが、尾骨あたりに押しつけられている。

……ど、どうしたらいいの？

努力し続けるとか、道前にとって魅力的になるとか、つい直前に決心を固めていたはずが、突然のことで手も足も出ない。ある意味、第一歩を踏み出す絶好のチャンスだというのに。

美織が戸惑っているうちに、道前はごく自然な動きで、当然のように美織の胸に触れた。左右から掬《すく》い上げるように乳房を包み、湯面に出た先端を指の腹で捏《こ》ねる。

「あ、ああっ……」

自分でも驚くほど反応が大きくなってしまったのは、これからも道前と生きていけるとわかって安心したからだろうか。そして、二度と触れ合えないと思っていた道前に、こうして愛されているから。

身動きした弾みで下肢が浮いてしまい、和毛《にこげ》を貼りつけた秘所が湯から覗く。

「催促か？　もちろん忘れてないぞ」

道前の片手が乳房を離れて下腹に伸びた。慌てて身体を沈めようとしたけれど、道前が膝を立てて美織の腰を支えている。無理に動いたら、逆にあられもない格好になりそうだ。

指が薄い陰毛を撫《な》で上げ、スリットを露《あらわ》にした。少し開かれただけで、ぷくりと膨らんだ秘蕾《ひらい》が現れる。バスルームは明るく、そこがごまかしようもなく興奮を示しているのを、道前にも知られてしまった。

「……や……」

「なにが？　ここを弄られるのは好きだろう？」

「そうじゃなくて……こんなになってるのが……恥ずかしくて……」

美織が片手で顔を覆うと、道前は額に唇を落とす。優しくて、どこか情熱がこもったキスだ。

「おかしなことを言うんだな。まったく変わってなかったら、そのほうが俺としてはショックなんだが。抱きたがっているのは、俺だけということになる」

「そんな！　違います――あっ……」

小さな粒を指の腹で撫でられて、美織の腰が震えた。その動きにも、甘い痺《しび》れが広がっていく。

「わかってる、ずっとこうしたかったよな。もう我慢しない」

胸と秘所を指で愛撫《あいぶ》され、美織はたちまち上りつめてしまった。跳ねる身体が湯面を叩き、飛沫《ひまつ》が肌に飛ぶ感触にも刺激される。

「可愛い嫁だな。どうしてやろう」

道前は余韻に震える美織を抱き竦《すく》め太腿の間に手を差し入れた。ぬるつくそこに指が忍び込んできて、美織は慌てた。

「お湯が入っちゃ――――」

「そんなもの、すぐに俺が追い出してやる――――と言いたいところだが、先を越されるのも癪《しゃく》だ」

「そんなものと張り合わないでください。それよりのぼせそうで……」

どうにかバスタブの縁を摑んで湯船を出ようとした美織の腕を、道前が捉える。

「逃げるな」

「逃げません。でも本当に暑くて……ここで私が倒れたら、また面倒をかけてしまうでしょう？」

「おまえひとりくらい、いくらでも運べる。が、湯あたりさせるのは本意ではないし、どっちで気絶したのかわからないな」

「は……？」

「だから原因が湯あたりなのか、気持ちよくなってなのかはっきりしないだろう。風呂ごときに後《おく》れを取るなんて悔しい」

今しがたのお湯の件と言い、ここに来て道前の意外と子どもっぽい負けん気に、美織は笑いを洩らしてバスタブを出た。

「おかしな倫太郎さん」

「やっと笑ったな」

後に続いた道前が、美織を背中から抱き包んだ。大理石の床はひんやりとして心地がいいけれど、包まれる身体は温かい――――いや、熱いくらいだ。

「泣かせてばかりで、内心狼狽えてたんだ。いや、その理由もわかってるつもりだが、やっぱり美織には笑顔でいてほしい」

落ち着きかけていた心音が、またトクトクと走り始めた。愛されている、と感じる。義道組の若頭で、組員から話を聞く限りではけっこう怖いらしくて、でも美織にはいつも優しくて、情熱的で――――そんな道前からこんなに愛されるなんて、自分はなんて幸せ者なのだろう。

ずっと、道前ともっと幸せになりたい。そのために自分も、できる努力はなんでもしよう。道前を信じ、彼に愛され続ける自分でいよう。まずは今の気持ちを伝えて――――。

「私……幸せです。倫太郎さんと出会えて、お嫁さんになれたから……」

「……舞い上がらせるな。調子に乗るぞ」

諌《いさ》めるような言葉を口にしながらも、声音は甘くて、抱擁も強くなる。下腹を下りた指が秘《ひ》唇《しん》を掻《か》き分けて、再び肉粒を捉えた。

「あっ、また……もう……」

「何度だっていけるだろう?」

敏感なそれを柔らかく捏ねられて、美織は立ったまま身をくねらせた。逃れようにも道前が肩をやんわりと噛んで、抗《あらが》えない。

「……あ、……ああっ……」

膝が震え、向かい合う壁に両手をついた。もう一方の手が、背中をゆっくりと撫で下ろしていく。秘所を弄ぶ指が離れて、道前が膝をつく気配に、美織はわずかに首を捻《ひね》った。美織の太腿に両手をかけた道前と目が合う。美織の抵抗を奪うような誘惑の眼差しで、笑みを浮かべている。ぞくりとした。

太腿の付け根を開き、道前はそこに舌を伸ばした。

「ああっ……」

美織は冷たい壁にすがる。押しつぶされた乳房の先で、乳頭がきゅうっと硬くなった。溢《あふ》れた蜜を舐《な》め尽くすように舌が這い、解けた花びらが熱を持つ。それがじんわりと痺れたようになるころには、わずかに舌が動くだけでも快感に見舞われた。

はしたないほど腰が揺れても、道前の愛撫に容赦はない。むしろ濃厚さを増して、舌先が中に入り込んでくる。

同時に秘蕾を弄《もてあそ》ばれ、美織は嬌声《きょうせい》を上げて達した。

身体の中で嵐が起きているかのように悦《よろこ》びが渦を巻き、喘ぐ美織に、すかさず立ち上がった道前は背後から押し入ってきた。

「ひ、あっ……」

一気に貫かれて眩暈《めまい》がする。身長差があるから当然腰の位置も違い、美織はつま先立ちだ。ともすればそれも床を離れる。安定を求めて足をつければ、その分道前を深く受け入れることになった。

「……や、……深……い……」

「痛いか？」

背後から気づかう道前の声が上ずっていた。そこに彼の官能を感じ取って、美織はぎこちなく首を振る。実際に痛みはない。けれど道前の猛りから情熱が伝わってきて、それに溺れてしまいそうだった。

「……変に、なりそう……で……」

「なれ。俺はとっくになってる」

それを知らしめるかのように、道前は美織を激しく攻め立てた。貪《むさぼ》られているような気がした。けれど、それが美織をいっそう昂《たかぶ》らせた。

腰を摑まれ、上下に揺さぶられて、美織は身体の前面を壁に擦りつけられる。歪んだ乳房がちりちりと疼《うず》く。

美織が達したと気づくと、道前は挿入したまま美織と向き合う体勢になり、今度は腰を抱き上げるようにして抽挿《ちゅうそう》を続けた。美織が背中を壁に預けているとはいえ、すごい膂力《りょりょく》だ。

美織のほうは落とされるような不安をまったく感じない。

その分、快感ばかりが高まって、達したばかりだというのに、また次の波が近づいている予感がした。噛みつくようなキスをされて、予感が確信に変わる。

背中を壁に押しつけているせいで、逃れようのない突き上げに、美織のつま先が宙でピンと硬直した。道前が次に押し入ってきた瞬間、体内で小さな爆発が起こったかのような悦びに見舞われた。

びくびくと身を跳ねさせる美織の中で、道前もまた熱を解き放ったようだ。互いの唇の隙間から、熱い吐息が広がっていく――。

「嘘でしょう⁉」

驚いたことに道前は、美織に脱力する暇も与えず、そのままの状態でバスルームを出た。揃って身体はびしょ濡れで、それだけでなく冬だというのに汗もかいている。なによりまだ身体が繋がっているのだ。

「……り、倫太郎さんっ……どこへ――」

「決まってるだろう。ベッドだ」

階段を上る振動に、美織は図らずも刺激を感じてしまい、状況をわきまえない自分の淫《みだ》らさに赤面して、道前の首にすがりついた。

寝室のベッドにそのまま仰臥《ぎょうが》した美織は、躊躇いがちに訊ねる。

「倫太郎さんも、その……いきました、よね……？」

「久しぶりに美織を味わって、我慢が利かなかった」

まるで不覚だとでも言わんばかりに、道前はかぶりを振ってから、ぐいと腰を進めてきた。

「あっ、あっ……」

「とりあえず人心地がついたからな、じっくり続きをしようじゃないか」

正直なところ美織は満腹というか、疲労すら覚えているほどなのだが、唆《そそのか》すように刺激されると、容易く官能が膨れ上がっていく。

言葉どおりにどこか余裕のある動きでゆっくりと攻められ、我を忘れるほどではないけれど、ぞわぞわするような落ち着かない心地よさに引き込まれる。喘ぎが止まらない。

乳房を摑まれ、先端を指の腹で捏ねられ、美織は仰《の》け反《ぞ》った。

「ああ、いいな。柔らかくて、きつくて――」

「言わないで、くださいっ……」

返事の代わりに、美織の中の道前が強く脈打って、甘い振動が身体に広がっていく。

道前は美織の背中に手を回し、眼前に迫った乳房を食《は》んだ。大きく吸いつかれ、軽く歯で扱《しご》くように引っ張られ、その気持ちよさに二の腕が粟立《あわだ》つ。最後に乳頭が歯の間を抜けたときには、自分の中が波立つように蠢《うごめ》くのを感じた。

それに道前が気づかないはずがなく、律動が大きくなる。膝裏を押さえつけられ、上から打ちつけるように腰を使われて、媚肉《びにく》を思い切り擦られた。

「ああっ、すご……だめ、あっ……」

「だめじゃない。もっと感じろ。俺が……どんなにおまえを好きか――」

その言葉にタガが外れる。道前の愛情が込められての行為なら余さず受け止めて、美織もまた感じるままを見せて伝えたい。

「……好き――」

一瞬、道前の動きが止まった。息をつく間を与えられて、美織は見上げる。

「倫太郎さんが好きです……あっ……」

乱れた髪から滴が飛び散るほどの勢いで、道前が律動を刻む。その激しさに翻弄されながらも、美織も快感を摑んで絶頂にひた走った。


ふと目が覚めると、室内はベッドサイドの淡い明りだけが灯《とも》っていた。

この部屋に移動してともに果て、その後もさらに延々と快楽を送り込まれる行為が続いた――はずだ。

やだ！　私また意識が飛んで……。

道前を置いてけぼりにしてしまったのかと、焦って隣に手を伸ばすが、そこに道前の身体はなかった。

え……？　どこ？

頭を上げると、ベランダに続く掃き出し窓のカーテンが細く開いている。ベッドの足元に置かれたチェストの上に用意されていたバスローブを羽織って、美織はそっと窓辺に向かった。

サッシを開けると、真冬の空気が肌を刺す。予想どおり紫煙《しえん》が漂っていて、ベランダの手すりに肘《ひじ》を載せた後ろ姿があった。

「気がついたか」

振り返った道前が片頬で笑う。

「はい。すみません……」

「謝ることじゃない。手加減なしだったからな。こっちこそすまない、抑えが利かなくて」

美織は首を振ると、サンダルをつっかけて道前の隣に立った。空気の冷たさに思わず肩を竦める。考えてみたら、もう年末も近いのだ。

「前にも言いましたけど、私は気にならないので部屋で吸ってください。風邪をひくほうが心配です」

「これを吸ったら戻る。おまえこそ中に入ってろ」

しかし美織は、そのまま道前に身を寄せた。

「私もここで――今日はデザートはありませんけど……そばにいさせてください」

道前は美織の肩を包んで、旨そうに煙草《たばこ》を吸った。

◇

『あの……、明日のクリスマスイブ、ディナーを予約してくださっているんですよね？　その前に少し時間があったら……私とデートしてくれませんか？』

決死の表情の美織に誘われ、道前は一瞬目が点になり、それから口元が緩んだ。

『もちろんだ。断るはずがない』

……可愛かった。何度思い出しても、俺の嫁は可愛い。

仕事の邪魔をしてしまうのではと気にする美織に、道前はデートより優先すべきものがあるものかと思ったが、美織の心的負担を減らすべく、夕方に待ち合わせることにした。本音は丸一日デートに費やしたいところだが、待ち合わせというシチュエーションも、それはそれで新鮮だ。

いつもの時間に事務所に出勤したものの、服は吟味した。美織がどんな服でも合うように、チャコールグレーのスーツでネクタイは赤が差し色に入ったものにしたが、万が一に備えて寒色系のネクタイも用意してある。

年末も近いので、約束の時間まで関係各所の挨拶《あいさつ》回りをした。篠田組《しのだぐみ》の事務所を訪《おとず》れると、出てきた篠田が道前を頭のてっぺんからつま先まで眺めて舌打ちした。

「なんだ、デートか？　どいつもこいつもクリスマスって浮かれやがって」

そういうあんただって、何年か前はフィンランドまで出かけたくせに。トナカイの角つけた間抜けな画像送ってきたじゃねえか。

――なんてことは言い返さず、「新婚ですから」と笑っておく。

「晶絵さんは？」

「学生時代の部活の後輩の結婚式だとよ。いい歳してクリスマスウェディングって、頭沸いてんだろ」

なるほど、不機嫌の原因はそれかと合点がいく。要は篠田も晶絵とクリスマスを過ごしたかったということなのだろう。

篠田はソファから身を乗り出して、煙草を咥《くわ》えた。すかさず背後に控えていた組員が、ライターで火をつける。

「それはそうとおまえんとこの組長が、新しい嫁を迎えたってのはマジか？」

「さすが耳が早いですね」

道前も苦笑して煙草を口にした。美織の前では極力控えているが、やはり長年の習慣は止められない。本当はかなりのヘビースモーカーだ。

「入籍はしないので、厳密には嫁ではありません。近くのマンションに部屋も借りたみたいですから、通いの介護ってとこですか」

木下《きのした》明音は現在パリで、住まいを引き払う手続きをしていて、年内に帰国する予定だ。年明けから徐々に会社の引き継ぎを始めるらしい。

「まあ、今さら新しい跡継ぎができるわけもないでしょうし、籍が動かなきゃ面倒ごともないので、好きにしてもらいますよ。残り少ない余生ですから」

「相変わらずドライな奴だな。こんな男が捨て猫にはかまうってのは、どういうことだ」

紫煙の向こうで、篠田が苦笑する。

基本、道前の性格はこんな感じで、そこから外れたわずかななにか――憐憫《れんびん》とかが保護猫に向かうのだと自己分析していた。

美織に対してもはじめはそうだったはずだが、いつしか気持ちは大きく変わった。そればかりか、自分自身まで変化したような気がする。絶対に手放したくないという執着と、自分でも戸惑うほどの愛情――いや、これも執着なのだろうか。境目がわからない。

叔母甥疑惑の一件で、道前は美織に、事実がはっきりするまでは打ち明けない、血縁があると判明し、美織がそれに耐えられなければ別れを受け入れるつもりだったと言ったが、本当は違う。

たとえ血が繋がっていて禁忌《きんき》の関係だったとしても、美織には伏せたままそばにいるつもりでいた。そんなことで自分の気持ちは揺らがないし、美織も知らなければ問題にならないと思っていた。

祖父の先走りで美織には知られてしまったわけだが、疑惑が解消されて本当によかったと、胸を撫で下ろしている。

「優しいですよ、俺は」

——美織には。

煙草を揉み消して辞去しようと立ち上がると、篠田が苦笑した。

「彼女の親父には容赦なかったのにな」

「あれは自業自得です」

美織に対する気持ちが強いほど、彼女に害なす存在に容赦できない。徹底的に排除する。

もし美織が道前の行動を知ったら、道前自身もまた美織にとって脅威となるだろうか。そのとき道前は己をどう処すだろうか。

……いや、美織には知らせない。絶対に。

それが美織にとっての幸せだ。

待ち合わせ場所の恵比寿《えびす》に向かうと、ホテルやショッピングアーケード、レストランなどが集まった複合施設の屋外広場で、美織はベンチに座っていた。

美織からつかず離れずの位置にいたリュウが、先に道前の姿に気づいてさりげなく去っていく。

巨大なクリスマスツリーを中心に、イルミネーションで彩られたプロムナードを進むと、美織が気づいて立ち上がった。淡いベージュのロングコートは襟《えり》と袖《そで》にファーがあしらわれ、美織を柔らかく包んでいる。

我知らず足取りが速くなり、あっという間に美織の前に到着した。

「待たせたか？　時間前に来たつもりだったんだが」

「いいえ、私が早く来すぎたんです。早く会いたくて……」

頬を染めて俯く美織に、人目もはばからず抱きしめたい衝動に駆られる。しかしそこはぐっとこらえて、エスコートの範疇《はんちゅう》にとどまるように肩を抱き寄せた。

「寒くなかったか？　こんなことなら、カフェかどこかにしておくんだったな」

「ツリーがきれいで、見ていて飽きませんでしたよ。ベンチのそばにストーブもあったし。

それに……倫太郎さんになんて言おうかと考えていたから」

　これからのスケジュールを頭の中で組み立てていた道前は、美織の顔を覗き込んで訊ねた。

「なんだ？　クリスマスプレゼントのリクエストがあるのか？　なんでも言っていいぞ」

　道前が選んだ品がすでに二つ三つ、自宅のクローゼットに隠してあるが、それはそれとして美織のおねだりに応えるのも、デートの醍醐味というものだろう。

「昼間、小野瀬《おのせ》医院にご挨拶に伺《うかが》ったんです」

　いきなり話が飛んで、道前は眉を寄せる。小野瀬のところにも明日あたり行くつもりでいたが、まさか美織に先を越されるとは。若頭の妻としての務めを果たしたつもりだろうか。だが、リュウはなにも報告してこなかったぞ。あいつ、職務怠慢《たいまん》だな。お年玉を減らしてやる。

　美織のスマートフォンに入れた位置情報も、今日はほとんどチェックしていなかったので気づかなかった。

「それで……ちょっと自分でも気になっていたので、診ていただいて――」

「どこか悪いのか!?　どうして先に言ってくれなかった？　そうしたら――いや、いつからだ？　症状は？」

　両肩を掴んで矢継ぎ早に問いかける道前に、美織は驚きながら苦笑している。

「もしかしたら、と思ったのは一週間くらい前なんですけど、確信がなかったので先生に検査をしていただきました」

動揺を抑えてうんうんと頷いていた道前は、ふと思い当たった。

……まさか――。

「子ども……か？」

「はい」

こくりと頷いた美織は、無意識にだろうか、コートの上からそっと腹部に手を当てた。道前もまた、そこを凝視してしまう。

……俺の、俺と美織の赤ん坊が――。

「最高のクリスマスプレゼントだ」

道前は美織を抱きしめた。

「私も嬉しいです。小野瀬先生に診ていただくのは、ちょっと恥ずかしかったですけど」

道前は、はたと動きを止め、音が出るほど奥歯を噛みしめた。

「あいつ……診察と称して美織になにを……産婦人科医でもないくせに……」

それを聞いて美織は慌てた。

「尿検査だけです！　正式な診断は産婦人科で、と。でも間違いないということだったので、倫太郎さんに早く伝えたくて」

必死の訴《うった》えに、道前は容易く懐柔されてしまう。

「そうか、まあいい報告だから、奴を責めるわけにはいかないな。そうとわかれば、ここはよくない。早く屋内に行こう」

道前は美織を抱き包むようにして、建物に続く階段へ向かった。

あとがき

はじめまして、梶本真夏《かじもとまなつ》と申します。この本をお手に取ってくださり、ありがとうございます。

ヤクザの若頭と、なぜか彼に助けられた女子の話になります。参考になるかなというのと気分を盛り上げるために、執筆中にちょうどいいタイミングで上映中だった某映画を見にいったのですが、いやあ別世界でした。次々と人を殺《あや》めていくヤクザ役の俳優さんのあまりの怪演ぶりに、その後、他のドラマに出演しているのを見ても、豹変しそうでドキドキしました。

あんな世界では恋愛する前にヒロインが死んでしまいそうなので、ほぼ設定のみというぬるい仕様になっております。苦手な方もご心配なく。

ヒロインはのっけから追い詰められていて、そこから逃れるすべを持たない非力な存在なので、あっさりと、というか他に選びようもなくヒーローに拾われます。ヒーローも捨て猫をホイホイ拾って保護するような男なので、ヒロインと猫がダブってしまったのでしょう。

でもヒロインはかなり義理堅く、救われた恩に報いようとし、ヒーローもまた猫とは勝手が違うと気づき、人間の女としてのヒロインに惹かれていきます。

恋愛モードになってからは、かなりイチャイチャしてるなと思ったのですが、最後の最後でヒーローのちょっとダークな思考が、洩れているようないないような。それもまたヒロインへの愛ゆえでしょう。

個人的にお気に入りで、書くのが楽しかったのはリュウです。こういうタイプは主役にできそうにないので、ついシーンが長くなりました。ああ、それなのにちゃんと名前を出してなかった。ごめん、リュウ。

イラストを担当してくださった花綵《かさい》いおり先生には、ピュアなヒロインとイケメンヒーローを描いていただきました。

担当さんを始めとして関係者の方々にもお礼申し上げます。

お読みくださった皆さんもありがとうございました！　楽しんでいただけたら嬉しいです。

原稿大募集

ヴァニラ文庫ミエルでは乙女のための官能ロマンス小説を募集しております。
優秀な作品は当社より文庫として刊行いたします。
また、将来性のある方には編集者が担当につき、個別に指導いたします。

◆募集作品

男女の性描写のあるオリジナルロマンス小説（二次創作は不可）。
商業未発表であれば、同人誌・Web 上で発表済みの作品でも応募可能です。

◆応募資格

年齢性別プロアマ問いません。

◆応募要項

・パソコンもしくはワープロ機器を使用した原稿に限ります。
・原稿は A4 判の用紙を横にして、縦書きで 40 字 ×34 行で 110 枚 ~130 枚。
・用紙の 1 枚目に以下の項目を記入してください。
　①作品名（ふりがな）/②作家名（ふりがな）/③本名（ふりがな）/
　④年齢職業 /⑤連絡先（郵便番号・住所・電話番号）/⑥メールアドレス /
　⑦略歴（他紙応募歴等）/⑧サイト URL（なければ省略）
・用紙の 2 枚目に 800 字程度のあらすじを付けてください。
・プリントアウトした作品原稿には必ず通し番号を入れ、右上をクリップなどで綴じてください。

注意事項
・お送りいただいた原稿は返却いたしません。あらかじめご了承ください。
・応募方法は必ず印刷されたものをお送りください。CD-R などのデータのみの応募はお断りいたします。
・採用された方のみ担当者よりご連絡いたします。選考経過・審査結果についてのお問い合わせには応じられませんのでご了承ください。

◆応募先

〒100-0004　東京都千代田区大手町 1-5-1　大手町ファーストスクエアイーストタワー
株式会社ハーパーコリンズ・ジャパン　「ヴァニラ文庫作品募集」係

若頭に保護されたはずが溺愛嫁になったようです

Vanilla《ヴァニラ》文庫 Miel《ミエル》

2022年2月5日　第1刷発行　　定価はカバーに表示してあります

著　作　梶本真夏　©MANATSU KAJIMOTO 2022
装　画　花綵いおり
発行人　鈴木幸辰
発行所　株式会社ハーパーコリンズ・ジャパン
東京都千代田区大手町1-5-1
電話　03-6269-2883（営業）
0570-008091（読者サービス係）

印刷・製本　中央精版印刷株式会社

Printed in Japan ©K.K.HarperCollins Japan 2022 ISBN978-4-596-31900-5